FACTORÍA FRANKESTEIN
SPY HIGH
EPISODIO 1

A. J. Butcher es licenciado en Literatura Inglesa por la Universidad de Reading (Inglaterra) y ha trabajado en publicidad y como profesor de lengua inglesa. Actualmente imparte clases en una escuela femenina de Dorset.

A. J. Butcher

Factoría Frankestein
Spy High
Episodio 1

Traducción de
Andrea Morales

Umbriel Juvenil

Argentina - Chile - Colombia - España
Estados Unidos - México - Venezuela - Uruguay

Título original: *Spy High - Episode 1: The Frankenstein Factory*
Editor original: Atom, An imprint of Time Warner Books UK, Londres
Traducción: Andrea Morales

Diseño de portada: Lee Gibbons
Adaptación de la cubierta: Opalworks

ISBN: 84-95618-57-5
Depósito legal: B. 43.533 - 2003

Fotocomposición: Ediciones Urano, S. A.
Impreso por Romanyà-Valls, S. A. - Verdaguer, 1 - 08760 Capellades
   (Barcelona)

Impreso en España - *Printed in Spain*

Para papá y mamá

Ben y Lori estaban en lo alto del acantilado. Podían oír los incansables golpes de las olas de medianoche que se estrellaban contra las rocas, cientos de metros más abajo Sólo el brillo de sus trajes plateados que parecían temblar. Cualquiera que no los conociese hubiera dicho que eran hermanos: ambos altos y atléticos; ella de pelo rubio largo, él lo llevaba muy corto. Pero no eran hermanos, nada más lejos de la realidad.

—¿Cuánto tiempo nos queda?

—Más o menos una hora.

—Es tiempo suficiente, si los demás van rápido. —Ben volvió la espalda al borde del acantilado que tenía una caída vertical y dijo—: Sígueme.

Entonces se dejó caer.

Lori suspiró. Era tan típico de Ben… Siempre tenía que ser el primero en todo, y ni siquiera le dio un beso. Lo recordaría la próxima vez que se le acercara en busca de un poco de gimnasia labial. Pero lo primero era lo primero. Lori se lanzó al vacío reprimiendo las ganas de chillar de entusiasmo.

Mientras alcanzaba al punto más alto de su salto, hubo un instante en que Lori pareció planear sobre el mar en movimiento, como si la propia gravedad hiciese una pausa, sin decidirse a ejercer su atracción sobre ella. Pensó en el personaje del coyote en las viejas tiras cómicas del *Correcaminos* cuando lo dejaban suspendido y tragando saliva en medio del aire, antes de precipitarse a plomo en el fondo de un cañón. No obstante, cuando la gravedad decidió no hacer una excepción con Lori Angel, que comenzó su caída hacia una muerte segura, tenía una ventaja considerable con respecto al coyote.

Lori se colgó de la cuerda atada firmemente a su cinturón, se curvó hacia la pared del acantilado y relajó los músculos, tal como le habían enseñado. El impacto apenas la alteró. Sin mayor problema, fijó pies y manos a la roca. Si el pobre coyote se hubiese entrenado en Spy High, Alto Espionaje, toda su carrera podría haber sido muy diferente.

Una luz le hizo señas desde mucho más abajo, como si un chico le guiñase un ojo. Seguro que era Ben. Sin duda ya había encontrado la entrada al túnel y deseaba incluir el hallazgo en su lista de triunfos personales. Lori descendió haciendo rápel.

—Has tardado mucho —comentó Ben, que ya se había soltado de la cuerda y estaba en cuclillas en el estrecho túnel, como un corredor que espera el disparo de salida.

—Estaba contemplando el paisaje.

—Bonita excusa… —Ben mostró con el dedo una oscuridad profunda y circular—. Estamos a unos cien metros del complejo de Stromfeld. Dejémoslos atrás.

—Te veo ansioso por salvar el mundo —observó Lori, con tono sarcástico.

—Tienes razón —masculló Ben— y si llegamos al centro antes que Daly, mucho mejor.

♦ ♦ ♦

—Siempre el palillo más corto... —refunfuñaba Jennifer Chen, a medida que avanzaban a gatas por un túnel que no daba indicios de tener final—. Ben y Lori descienden haciendo rápel, Cally y Eddie van por mar y ¿qué nos toca a nosotros? Ir arrastrándonos todo el camino hasta el complejo. —Hizo una breve pausa para apartarse el pelo de los ojos—. ¿Cómo es posible que siempre nos toque el palillo más corto?

Jake Daly, que la seguía a corta distancia, no dijo nada, aunque la expresión bajo su melena negra y enredada sugería que tenía una buena idea. Se obligó a no pensar en la cara petulante de Stanton. «Hay que concentrarse en la misión», se dijo a sí mismo. «Es lo único que importa.»

—Sólo espero que aparezcan algunos de los secuaces de Stromfeld —advirtió Jennifer amenazante—. Estoy muy tensa y necesito descargarme.

Jake frunció el ceño:

—Olvídalo. Tenemos que llegar al centro tan rápida y silenciosamente como podamos. No queremos distracciones.

—Eso lo dirás tú. ¿Cuál es la gracia de una misión si no podemos romperle la cara a alguien? Oye, Jake —Jennifer se detuvo y frotó la superficie que tenía delante de ella con la mano. Se oyó un ruido metálico—. Hemos llegado.

Jake esbozó una sonrisa algo fría, ni muy elaborada ni emotiva. Habían llegado a un extremo del cuartel general de Stromfeld, tal como demostraba la cubierta metálica del túnel, pero todavía les quedaba mucho camino por delante.

Se deslizaron entre las planchas de metal pulido. Al acercarse al cuerpo principal del complejo, la luz mejoró y Jake pudo tener una visión bastante explícita de la parte trasera de su compañera, mientras ésta avanzaba contoneándose. Jake se alegró de que Eddie no estuviera en su lugar en ese momento.

Jennifer volvió a hacer una pausa, pero esta vez fue porque no pudo seguir avanzando. Había una rejilla metálica que impedía el paso a los intrusos. Ella se replegó y le susurró a Jake:

—¿Hacia dónde se supone que lleva esto?

—Según los planos, a un almacén vacío —respondió él.

—Entonces tendrás que devolver los planos —volvió a susurrar Jennifer— e indicar que el almacén estaba lleno.

Mostró algo con el pulgar.

Jake se acercó a la rejilla y miró a través de ella. Ante él vio a un guarda con uniforme y casco negros que se acomodaba sobre una caja de embalar, aunque lo más preocupante es que iba equipado con un gran rifle láser, muy probablemente cargado. Eso no entraba en sus planes.

«Los problemas se resuelven uno por uno», se dijo Jake. «Nada está garantizado.»

—¿Qué hace? —preguntó Jennifer.

A modo de respuesta, el guarda se quitó el casco y hurgó el bolsillo, del que sacó un paquete de cigarrillos y un encendedor.

—Pausa no programada —masculló Jake—. Chico malo… Sólo podemos esperar quietecitos y…

—Olvídalo —gruñó Jennifer—. Yo me largo.

—¡Espera!

Pero Jennifer no esperó. Golpeó la rejilla con los pies y esta sobrevoló el almacén, hasta que se estrelló contra la pared del fondo. El guarda, que casi se ahoga con la primera calada, intentó levantarse para coger su rifle pero no fue lo suficientemente rápido. Jennifer se dejó caer ágilmente por la abertura, sonrió ante la cara de sorpresa del hombre, y le propinó una patada con la pierna derecha, impulsándose desde la cadera. El golpe acertó la cabeza del guarda, el cual cayó al suelo emitiendo un débil quejido. No se levantó.

—Alguien debió haberte dicho que fumar perjudica seriamente la salud —dijo Jennifer en tono de mofa.

Arrastraron la lancha neumática por las piedras, hasta un lugar donde quedaba oculta por el ángulo de una roca sobresaliente, y luego se agazaparon bajo la sombra de la misma roca para examinar el terreno.

Eddie Nelligan no tenía buen aspecto y su tez, generalmente rosada, presentaba un color pálido.

—El agua —se quejó— debería estar estrictamente reservada para lavarse. Esto no es un océano; es una estrategia de la naturaleza para hacerte vomitar. ¿Por qué no nos encargan misiones en islas tropicales bonitas y soleadas en medio de un mar en calma y tranquilo? Nunca entenderé la fascinación por las mareas y la medianoche.

—Eddie —lo interrumpió Cally Cross—, ¿las palabras *sigamos adelante* significan algo para ti?

—Digo yo que no es mucho pedir, ¿no? Piensa en las películas de James Bond. Una isla como la del Doctor No, no estaría mal, ¿verdad? Con una fabulosa playa, una pequeña cascada y unas cuantas palmeras. Seguramente exista una isla así en alguna parte, y con un dueño totalmente chiflado, ¿no? ¿Por qué no nos pueden mandar a un lugar así? Y si pudieran incluir a Halle Berry, ciertamente mi motivación crecería también.

—Me temo que tendrás que conformarte conmigo —le dijo Cally— y si no empiezas a moverte ya, voy a motivarte pellizcándote donde más te duela.

—Cally —contestó Eddie acaramelado—. ¿Sabes cuánto tiempo llevo esperando a que me digas algo así?

Acto seguido se levantó sin rechistar y siguió a su compañera.

Avanzaban lo más silenciosamente posible por la orilla rocosa de la playa que estaba a la salida de la cueva. Cally miró hacia el acantilado, preguntándose qué estaría pasando con los demás compañeros de misión. Volviendo la mirada a la entrada de la cueva, ahora mucho más cercana, se preguntó si ellos también se habrían encontrado con el paso vedado por los hombres de Stromfeld. Había dos de ellos apostados, armados y con un aspecto todo lo vigilante que se pueda esperar de unos guardas nocturnos.

—Podríamos intentar arrastrarnos y pasar desapercibidos —le sugirió a Eddie.

—Yo no me arrastro —replicó—. Me hace sentir que tengo algo que ocultar. Además, apuesto a que estos tipos han estado trabajando muy duro y bien merecen descansar un poco. Creo que nosotros podríamos ayudarlos.

—¿Dispararles un somnífero?

—Exactamente. Izquierda o derecha, ¿cuál prefieres?

Eddie y Cally levantaron sus brazos derechos. La luz de las estrellas brilló en sus brazaletes metálicos. Mediante el juego de las muñecas apuntaron a sus blancos respectivos. Con un pif apenas audible, dos proyectiles diminutos cruzaron la oscuridad.

Las innumerables horas de práctica habían dado sus frutos. Los narcodardos se clavaron en las mejillas desnudas de los vigilantes. Penetraron la piel, liberando en la sangre un poderoso narcótico. Ninguno de los dos despertaría antes del amanecer.

—Buenas noches —se mofó Eddie canturreando—. Que durmáis bien y soñéis con los angelitos.

—Vamos, Eddie —dijo Cally exasperada—. Antes de que te pongas a contarles cuentos, tenemos trabajo por hacer, ¿te acuerdas?

Eddie miró la cueva de aspecto tenebroso y la impresionante altura del acantilado, por encima de ella.

—¿Cómo iba a olvidarme? —dijo—. Espero que Stromfeld tenga ascensor…

—Todos estos pasillos parecen iguales —se lamentó Lori, frustrada—. ¿No crees que Stromfeld los compró todos en unas rebajas para mayoristas?

—¿Es que no atiendes en clase de psicología, Lori? —gruñó Ben—. Es la mentalidad del megalómano. Los estudios demuestran que los tiranos en ciernes son casi siempre profundamente obsesivos y no toleran los cambios. Por ello quieren imponer su voluntad a todos los demás. Hacer que todas las áreas de su complejo sean iguales es la forma que tiene Stromfeld de probar que su control es absoluto y que él establece incluso el aspecto de su entorno.

—Muy bien, te has ganado un sobresaliente, Ben —le dijo Lori—. Pero ni siquiera teniendo razón el panorama sería mejor. A menos que Stromfeld ponga señalizaciones, todavía no tenemos ni idea de cómo se llega al centro.

Lori tenía razón. Ben y ella habían penetrado en el cuartel subterráneo de Stromfeld con relativa facilidad, tomando el tosco túnel que partía del acantilado y llevaba a una sección poco frecuentada del complejo, pero desde ese momento habían pasado más de veinte minutos yendo de un lado a otro por unos corredores metálicos indefinidos y aparentemente infinitos. Y cuando se tiene un tiempo límite —peligrosamente límite— esto no era nada propicio. Al menos todavía no se habían tropezado con ningún secuaz de Stromfeld, pese a que Lori empezaba a desear encontrarse pronto con uno, aunque sólo fuese para pedirle indicaciones.

Ben fruncía el ceño ya que solía tomarse hasta la crítica

más leve como algo personal. De acuerdo, no habían avanzado todo lo que esperaban, pero apostaba a que los otros les iban muy a la zaga. Tenía que ser así.

—Creí que me sabía los planos de memoria, pero me parece que no estaría mal activar el cinturón mental.

Pulsó un botón. De la hebilla surgió un rayo de luz que se transformó en una imagen holográfica de la planta del complejo. En diversas áreas del plano aparecieron tres pares de puntos rojos.

—Aquí estamos —señaló Lori, tan encantada como si se hubiese encontrado con un viejo amigo.

—Sí, y allí está el centro —observó Ben—, el centro neurálgico de todo el complejo de Stromfeld. Y allí están Jen y Daly…

—Más cerca del centro que nosotros —Lori acabó por él la frase de Ben, reflexivamente.

Ben, visiblemente descontento, apretó el botón por segunda vez. En el plano apareció una luz roja intermitente que unía los dos círculos que representaban a Lori y a él con el centro, a través de una especie de laberinto. Allí estaba indicado el camino. Sólo tenían que seguirlo.

—¿Ben? —Lori ya estaba poniéndose en movimiento—. ¿No teníamos prisa?

Al parecer no. Ben permanecía inmóvil, estudiando el holograma y en especial la distancia que separaba a Jake y Jennifer del centro, por una parte, y la distancia entre él, Lori y el centro, por otra. Suponiendo que él y Lori siguiesen la ruta recomendada, Ben calculó que no había posibilidades de llegar a destino antes que sus otros dos compañeros. Y ése *no* era un resultado aceptable. Sin embargo, si Lori y él tomaban un atajo a la derecha en lugar de seguir por la izquierda, seguro que ganarían tiempo, y no sólo ganarían tiempo, sino que alcanzarían a Daly…

Ben avanzó hacia el atajo.

—Oye, Ben —volvió a intentarlo Lori—. El cinturón dice izquierda.

—Sí, pero yo digo derecha.

—¿Cómo dices? Las rutas han sido trazadas por los de logística de Spy High.

—Pero ninguno de ellos está con nosotros en la madriguera de Stromfeld —señaló Ben—. No saben nada. No pueden decirnos qué debemos hacer ahora.

Para reforzar su punto de vista, volvió a pulsar el botón. El holograma se replegó obedientemente, regresando a la hebilla como agua que se escurre por el desagüe.

—Estamos solos y ganaremos tiempo si vamos por donde yo digo. Acabaremos la misión más deprisa.

—No sé, Ben. Hacen todo tipo de pruebas para encontrar las rutas más adecuadas. —Lori frunció el ceño recelosa.

—Se llama iniciativa, Lori —insistió Ben—. Vamos, confía en mí. Te necesito.

Y finalmente la persuadió. Cuando Ben la miraba con aquella mirada seria y penetrante, que le llegaba directamente al corazón, no podía resistirse. Cuando la miraba así, ella era capaz de cualquier cosa. Incluso si le hubiera pedido que fuese a llamar a la puerta de Stromfeld y se entregara lo habría hecho. Dadas las circunstancias, ir a la derecha en lugar de a la izquierda no le parecía tan grave después de todo.

En el pasillo vieron algo similar a una identificación: C-Alfa. Aparentemente Ben *tenía* razón.

—¿C, de *centro*? —sugirió, complacida por la expresión de decisión renovada que se dibujaba en la cara de Ben.

—C, de *cerca*, estoy seguro. —Ben se detuvo ante una puerta, sacó un desactivador de su cinturón y lo aplicó al mecanismo de la cerradura—. Ya casi hemos llegado.

Mientras el desactivador operaba, a Lori le asaltaron de nuevo las dudas. *¿Por qué este área aparecía sombreada en los planos?*

La puerta se abrió. Ben sonrió y le tendió la mano a Lori. Cruzaron el umbral. Y por lo menos una docena de rifles láser los encañonaron directamente.

—Bienvenidos —dijo una voz—. Su visita nos complace enormemente.

No era frecuente que los intrusos entrasen, de manera tan oportuna, directamente en la sala de los guardas.

Una serie de ruidos sordos retumbaron en el corredor. Jake se puso tenso.

—Presiento que algo malo acaba de ocurrir.

Olfateó el aire controlado artificialmente, como si se acabase de propagar el hedor de algo podrido. Hizo una mueca.

—Esto no me gusta nada.

Jennifer no percibió nada extraño, pero aunque no hacía mucho que conocía a Jake, menos de un semestre, estaba comenzando a confiar en su instinto. Tenía algo extrasensorial, casi animal. Tensó los músculos, preparándose para la acción, y miró hacia atrás. El corredor parecía inocentemente vacío en ambas direcciones.

—¿Crees que el guarda puede haberse recuperado?

—Con el golpe que le diste, lo dudo mucho. Además, lo dejamos bien atado. —La expresión de Jake era enigmática e intensa—. Pero algo va mal. Conecto la visión del radar.

—De acuerdo.

Los compañeros tiraron de lo que parecían unas bandas finas de película plástica de sus cinturones y se envolvieron la cabeza con ellas, cubriéndose los ojos. Cuando los extremos se conectaron por detrás, se oyó un clic de activación. La película se conectó y enfocó, y al instante obtuvieron campos de visión expandidos. Con sólo cambiar ligeramente el enfoque de los ojos, Jake y Jen podían visualizar cualquier objeto, animado o inanimado, que estuviese detrás de ellos, a ambos lados, e incluso al otro lado de las paredes adyacentes. Era bastante difícil sorprender a un alumno de Spy High.

—¿Cómo va eso, Jen? —le preguntó Jake.

—Perfecto. Tengo un ángulo de visión de 360 grados. Veo todo el círculo.

Siguieron recorriendo los corredores inacabables, moviéndose con sigilo. Todo parecía ir bien, pero Jake seguía teniendo la premonición de que estaban al borde del desastre. Quizá las dos figuras que iban delante de ellos, sin duda guardas, fuera de su campo visual por estar tras una esquina, pero descubiertas por la visión de radar, tuvieran algo que ver. Jennifer le apretó el hombro para indicarle que también las había detectado.

—Narcodardo —indicó Jake.

Jennifer negó con la cabeza.

—Lo siento. Esta chica necesita un poco de ejercicio.

Se puso a correr hacia la esquina antes de que Jake pudiese detenerla. Maldijo en voz baja. No tenía dudas sobre la capacidad de Jennifer para enfrentarse a un par de hombres de Stromfeld y, de hecho, casi les tenía lástima, pero en aquel momento el combate físico no era necesario. Oyó el golpe apagado de una bota contra una mandíbula y el sonido de un puñetazo en la nuca. Igual que en el almacén. Jennifer se arriesgaba demasiado; cualquier día le costaría caro.

Pero tal vez no fuese hoy ese día. Jake dobló la esquina y la encontró de pie junto a los cuerpos de los dos lacayos, como un cazador que muestra su presa.

—Jake —sonrió—, te has perdido lo más divertido.

Jake se quitó el visor de radar.

—No se supone que hagamos esto por diversión.

Su voz era fría y Jennifer se contuvo al oírla:

—Se supone que esto es una misión. Siempre que sea posible, debemos usar narcodardos. Su efecto está garantizado.

—¿Por qué hablas de *nosotros*? —replicó Jennifer—. No eres mi dueño, Jake. No puedes decirme lo que debo hacer. Y deja que te diga *algo* —apretó los puños con gesto teatral—: estos dos también están garantizados.

Oyó un quejido tras ella.

—¡Jen!

Uno de los guardas, que no estaba totalmente inconsciente, buscaba algo en su uniforme. Jennifer le dio un golpe en la nuca pero llegó una fracción de segundo demasiado tarde.

Por todas partes, rodeándolos, se disparó una alarma estridente y ensordecedora.

Eddie y Cally oyeron música mientras subían en un ascensor que iba desde los niveles más bajos del complejo hasta su centro vital. Eddie aguzó el oído:

—Un hilo musical interesante.

—Me huele a problemas, Eddie —dijo innecesariamente Cally—. Tenemos que estar preparados para cualquier cosa.

—No te preocupes —Eddie intentaba no parecer inquieto—. Siempre llevo protección.

El viaje en ascensor acabó casi imperceptiblemente. Las puertas se abrieron en silencio.

—Parece que ésta es nuestra planta.

Entraron con cautela en un corredor típico de Stromfeld, lo que *a priori* estaba bien. Los recibió una barricada de rayos láser que salían de la pared, tan cercanos que Cally sintió cómo su pelo se chamuscaba.

—También yo estoy encantado de conoceros —masculló Eddie.

Un puñado de secuaces cargaron contra ellos disparando a quemarropa. «Si se hubiesen parado a apuntar bien, habrían resultado un blanco fácil», reflexionó Eddie, pero probablemente ésa era la razón por la que aquellos matones jamás hubiesen sido ascendidos a guardianes. Cally y él no cometieron el mismo error. Apoyándose sobre una rodilla, perfectamente coordinados, sacaron los narcóticos y dispararon desde sus muñequeras con precisión infalible. Cayeron dos atacantes, cuatro, seis. Si los otros se retiraron o no, no llegó a importar. La quemadura de un rayo láser en la bota de Cally la alertó de la aparición súbita de refuerzos que venían desde el otro extremo del corredor.

—¡Eddie! —advirtió disparando un narcodardo tras ella—. ¡Esto se está poniendo feo!

—¡Pues larguémonos de aquí! —exclamó Eddie, saliendo disparado hacia el ascensor.

Cally saltó tras él mientras las puertas se cerraban. Los disparos de láser se estrellaron contra el metal, pero los dos estaban a salvo, por el momento.

—¿Y ahora qué hacemos? —preguntó Cally sin aliento.

Eddie le dio a un botón y el ascensor subió.

—Tenemos varias opciones. Décimo piso, armas de destrucción masiva. Duodécimo, interrogatorios y lavado de cerebro... definitivamente no iremos allí. Decimoquinto, planes maestros para el dominio del mundo. ¡Gran día para la familia Stromfeld!

Pulsó el botón de emergencia y el ascensor quedó parado entre dos pisos.

—Y esto ¿cómo nos ayuda, exactamente? —preguntó Cally— ¿Charlamos cordialmente hasta que vengan a sacarnos de aquí?

Eddie miró a su compañera, pensativo:

—Sin duda podemos pasar el rato de modo más placentero, subiéndote a mi espalda, para empezar.

—Eddie, sabía que eras perverso, pero…

—¡Cally, por favor! —dijo Eddie algo ofendido—. ¿Y de qué otro modo vamos a abrir la trampilla a menos que te subas a mis hombros para alcanzarla?

—¿Qué?

—Si trepamos por los cables, los chicos de Stromfeld no sabrán dónde estamos. En las películas siempre resulta.

—¿Ah, sí? —preguntó Cally con escepticismo—. Esperemos que en Stromfeld no se hayan leído el guión.

Trabajaron con rapidez. Cally usó el cuchillo láser de su cinturón para romper la trampilla, y luego se impulsó hacia el techo. Miró dudosa el hueco del ascensor y el grueso cable que, en principio, debía trepar. No era la primera vez que pensaba que la vida en las calles era mucho más fácil.

—¿Qué te preocupa? —le preguntó Eddie con amabilidad mientras ella lo ayudaba a subir—. Sólo tienes que pensar que estás en el gimnasio de Spy High.

Cally intentó concentrarse.

—Lo único que me preocupa —replicó— es que trepes detrás de mí.

Subieron sin vacilar, agarrándose al cable con los pies, e impulsándose con una mano tras otra. Afortunadamente no tenían miedo a las alturas, puesto que el ascensor no tardó en perderse de vista en la oscuridad general del hueco.

Pasaron por el perfil borroso de varias puertas antes de que Cally se detuviese para gritar.

—¿Y si salimos por aquí?

—No veo motivo para no hacerlo —replicó Eddie.

Las puertas se abrieron suavemente y una docena de guardas los apuntaron con sus rifles láser.

—O tal vez sí... —Eddie sonrió mansamente a los guardas—. Somos los técnicos del ascensor. Nos han dicho que habéis tenido problemas...

—**M**irémoslo por el lado positivo —dijo Eddie—. Queríamos llegar al centro. Y lo hemos logrado. Me parece que el señor Stromfeld merece nuestro agradecimiento por ayudarnos.

—¿Por qué no te callas por una vez? —gruñó Ben.

No compartía el optimismo de Eddie, y no había motivos lógicos para hacerlo. Bien, el primer objetivo de su misión había sido penetrar al centro neurálgico de las operaciones de Stromfeld y, *técnicamente*, lo habían conseguido. Sin embargo, el segundo —y más importante— objetivo había sido sabotear el equipo de Stromfeld antes de que pudiese lanzar ataques destructivos contra ciudades importantes. Conseguirlo iba a ser extremadamente difícil. Los seis miembros del Equipo Bond habían sido despojados de sus adminículos y estaban rodeados por un grupo de guardas que, por lo menos, los triplicaban. Ben sintió que la rabia y la frustración se transformaban en un veneno amargo. ¿Cómo podrían cumplir la misión ahora? ¿Cómo afectaría un fracaso casi seguro a su liderazgo del equipo y a su futuro en Spy High? Automáticamente se encontró echando chispas contra Jake Daly. Por lo menos tenía un consuelo, aunque fuese mínimo: Daly se hallaba en una posición igualmente deslucida.

Jake notó la mirada de Ben, pero la ignoró, ya que estaba concentrado en captar todos los detalles del centro; sobre todo las tres pantallas, en las cuales se podía ver el casco brillante y refulgente de una bomba, preparada y lista para cumplir su propósito. Los ordenadores se hallaban en una mitad de la circunferencia que formaba la habitación, y unos técnicos con gafas especiales estaban revisando los procedimientos del lanzamiento. El centro tenía forma de embudo invertido, de cuya parte superior colgaba una bola negra metálica gigante que parpadeaba con unas tenues luces verdes. Jake no podía imaginar su finalidad. Acaso a Stromfeld le gustaba la iluminación ambiental. Una cosa era segura: en esos momentos su ánimo sería triunfal, con T mayúscula. Triunfal hasta el punto de rozar la arrogancia, y los arrogantes se equivocaban. Así pues, Jake esperaría gustoso a que Stromfeld cometiera un error.

—Concentraos —murmuró a los otros— y esperad una oportunidad.

Todavía no estaban acabados.

—¡Oh, mi pequeña banda de intrusos!

Finalmente se había producido la Gran Entrada.

Stromfeld avanzaba fanfarroneando, seguido por sus guardas de aspecto más maligno y mirada torva.

—Lamento haberos hecho esperar, pero en los momentos culminantes de la vida hay que estar presentable, ¿no?

El hombre que miraba con complacencia al Equipo Bond era regordete y llevaba el pelo ralo engominado sobre la frente. Lucía un impecable bigote al estilo Hitler, sin duda para complementar su uniforme de las SS, igualmente impecable. Sus botas refulgían como si hubiesen estado lustrándolas tres días.

—Nazi retro —se mofó Eddie—. ¿No ve que está pasado de moda?

Stromfeld miró al Equipo Bond con condescendencia, suspiró en señal de gran decepción y movió la cabeza. Sus mofletes carnosos temblaron.

—Niños —observó—. Me mandan niños para distraerme. Una necedad de ese calibre merece su destrucción, ¿no? ¿Qué edad tenéis? ¿Catorce? ¿Quince?

—En verdad tengo treinta y cinco —contestó jactancioso Eddie— pero me entreno todos los días. Tal vez usted debiera intentarlo.

—Muy gracioso… para un crío en los últimos momentos

de su vida —dijo Stromfeld malhumorado—. Tal vez os preguntéis por qué todavía no estáis muertos.

—¿Por su generosidad natural? —se aventuró Jake dirigiendo una mirada de preocupación a Jennifer. Sus ojos ocultaban un sentimiento de desesperación. Tenían que actuar rápido o cabía el riesgo de que la matasen. Ojalá Stromfeld apresurara las cosas.

Su captor tragó saliva, como sólo pueden hacerlo los gordos.

—No exactamente. No exactamente.

—Lo sé —dijo Ben con desprecio—. Como miembro honorífico de Maníacos Anónimos quiere la oportunidad de presumir de su plan maestro, y alardear de cómo serán las cosas cuando gobierne el mundo y lo domine —y toda esa porquería—, y necesita público. Lástima que haya de ser una audiencia cautiva.

—¡Qué extraordinariamente sagaz! —se admiró Stromfeld—. Es posible que te ejecutemos el último, ¿vale?

—No eres más que un fantoche, Stromfeld —añadió Ben.

Pon a prueba su vanidad, recordó de las lecciones de técnicas de espionaje. *Ataca su sentido de la propia importancia. Enfurécelos.*

—No eres más que un cero a la izquierda. Un cerdo con uniforme.

Stromfeld mostró un dedo grueso como una salchicha y señaló a Ben, riendo incómodo.

—Lo que soy, chico —lo corrigió—, es el futuro. Pues cuando mis bombas hayan borrado todo vestigio de vuestra cultura decadente y degradada de la faz de la Tierra, yo construiré una nueva sociedad desde las cenizas de la destrucción. Una sociedad dirigida sólo por mí, a mi imagen y semejanza, para siempre.

—Entonces será un poco gorda —comentó Eddie.

—Y por eso seguís vivos. Para presenciar los comienzos gloriosos de la Era Stromfeld. ¡Técnicos! —Stromfeld se levantó con todo su volumen—. ¡Lanzad las bombas!

—¡Ben! —gritó Lori, desesperada.

Los dedos de los técnicos recorrieron sus consolas, y en cada una de las tres pantallas se pudo ver el lanzamiento de un misil que despegaba de sus silos ocultos cortando el aire como puñales. En pocos minutos alcanzarían su objetivo. En pocos minutos el mundo entraría en una nueva edad oscura. A menos que el Equipo Bond pudiese detenerlos.

—Cally —llamó Jake entre dientes—. ¿Qué opinas?

—Ya he visto suficiente —calculó Cally—. Puedo destruirlos.

—Estupendo, porque ya estoy harto de este tío.

—¡Espera, Daly! —intervino Ben.

—¡Sujetadlos! —Ante la orden de Stromfeld, los guardas los retuvieron con más fuerza—. Esperar, ¿qué? ¿Un milagro?

—No, gordinflón —gruñó Jake—. El milagro es la equivocación que acabas de cometer.

Los ojos de Ben se estrecharon:

—Vamos a darles la sorpresa de sus vidas.

Un chasquido de electricidad cargó la atmósfera. Los guardas que sujetaban a los chicos gimieron y se replegaron al sentir la sacudida provocada por la electricidad procedente de los trajes del Equipo Bond. Algunos cayeron de inmediato, y otros necesitaron la ayuda adicional de puñetazos y patadas.

—Por si os interesa —informó Eddie mientras tumbaba a un hombre con la cadera y propinaba un codazo en el mentón a otro— se llaman trajes de choque electrificados. No se venden en tiendas, pero si enviáis un cheque muy gordo a Spy High, nunca se sabe...

—¡Detenedlos! ¡Detenedlos! —Ordenó Stromfeld—. ¡Proteged los ordenadores!

Entraron los guardas que quedaban, pero en un espacio tan cerrado los rifles no servían para nada. Cayeron como moscas.

Una secuencia de golpes de Jennifer y Jake puso fin al interés de los técnicos en los procedimientos a seguir, lo que permitió a Cally sentarse ante una consola y ponerse a trabajar a la velocidad del rayo con el teclado. Sabía que ésa era su función en el grupo: su habilidad con todo lo tecnológico. Mientras los demás vigilaban a Stromfeld u observaban a los guardas, sus ojos se habían concentrado totalmente en analizar los sistemas, así como en asimilar y memorizar lo que habían hecho los técnicos para poder descifrar los códigos y destruir los misiles antes de que llegasen a destino. Tecleó una combinación final.

—¡Bien! —El brillante fuselaje del primer misil refulgió y estalló como un segundo sol en el cielo. La pantalla quedó negra.

Quedaban dos bombas por desactivar. Cally miró agitada el contador. Tenía dos minutos.

Stromfeld enfureció al ver su sueño hecho añicos. Lanzó una mirada rabiosa a la joven, miró la pantalla y volvió a mirar a la chica, con los ojos hinchados.

—¡Tú! —ordenó a un guardián consciente, aunque algo embotado, que todavía conservaba su rifle—, ¡Dispárale!

Por lo menos una de sus bombas debía dar en el blanco. Lo que estaba ocurriendo no era justo.

El guarda apuntó, tembloroso. Disparó y en ese instante recibió una patada en tijera de Lori.

Alguien gritó.

Alguien cayó.

Stromfeld.

—¿Qué está pasando? —preguntó Cally, sin apartar la mirada de la pantalla ni un instante.

—Ya nos hacemos cargo nosotros —dijo Jake—. Tú deshazte de las bombas.

—¡Sí, *señor*! —Tecleó otro código y en el cielo volvió a verse un relámpago. Y otra pantalla quedó muerta. Cally apretó los puños en actitud triunfante.

Ya sólo quedaba un misil. Y sesenta segundos de tiempo. Cally vio cómo el misil dibujaba un arco, descendía y aceleraba. A lo lejos, pero no demasiado, estaban la tierra, las ciudades, la gente, ajenas a su destino inminente. Con los dientes apretados redobló los esfuerzos.

Los pocos guardianes que quedaban dejaron caer las armas y levantaron las manos. Sin Stromfeld, seguir luchando carecía de sentido. ¿Quién les pagaría? Lori y Eddie los agruparon mientras Ben se acercaba al cuerpo de Stromfeld. Deseaba gritar de alegría. Después de todo, la misión estaba a punto de finalizar con éxito. ¡Cuánto iban a aplaudirlo en Spy High! Cally estaba a punto de destruir el último misil y su creador estaba... vivo... o casi.

Sonreía pero las comisuras de su boca chorreaban sangre. No parecía tener mucho de qué alegrarse, dada la dimensión considerable de la herida de su vientre, pero tal vez el control remoto que sostenía en las manos temblorosas tenía algo que ver con ello. Pulsó unos números... Ben se lo arrebató de una patada, y lo lanzó rodando por el suelo.

—Demasiado... tarde... —musitó Stromfeld.

La bola negra metálica comenzó a descender.

—Incluso si ganáis, perderéis.

Una por una las luces verdes se volvieron rojas.

—Otra bomba... demasiado grande como para evitarla... chicos. Así que nos vamos al infierno todos juntos, ¿vale?

A Ben no le importaba si la súbita mirada de Stromfeld y la cabeza que se inclinaba indicaban que estaba muerto… o no. Ahora su prioridad era más apremiante:

—¡Venid todos menos Cally!

—¿De qué se trata?

La bola estaba a un metro del suelo. Un contador iba desde sesenta hacia atrás. Inexorable, inevitable e imparablemente.

—¡Es una bomba y va a estallar! ¡Cally no puede ayudarnos!

—¡Esperad! —gritó Cally—. ¡Ya casi lo tengo! ¡Casi!

Ya podía ver la ciudad y sus edificios en una tarde apacible. Podía ver a las víctimas.

—¡Haz algo, Ben!— exigió Lori.

—Bien, bien. La clase sobre desactivación de explosivos…

Buscó un rifle láser y disparó a la parte más baja de la envoltura metálica.

Cally se sobresaltó. Se distrajo un instante. Y teniendo en cuenta que disponía sólo de seis segundos, un instante era demasiado tiempo. Por primera vez los dedos le fallaron de modo fatal.

Vio las caras de la gente que no conocía, levantadas desde los parques y las aceras. Y la bomba se acercaba; estaban perdidos. Ella gritó, inútilmente:

—¡Demasiado lento! ¡Demasiado lento!

La pantalla mostró el impacto. Las nubes en forma de seta quemaron los ojos de Cally.

—¡No puede ser! —chilló Lori—. ¡No puede…!

Las entrañas de la bomba metálica, con su intestino de alambres y cables, habían quedado a la vista. Y la cuenta atrás marcaba treinta y cinco, treinta y cuatro…

—Conozco estos artefactos —afirmó Ben—. Los hemos estudiado. Es muy sencillo. Estos dos cables —los demás observaban atemorizados—. Rojo. Azul. El rojo detona la bomba de inmediato. El azul la desactiva. De modo que sólo tengo que... —los dedos de Ben revoloteaban.

—¡No!

Jake cogió férreamente la mano de Ben.

—¿Qué crees que estás haciendo?

Veintidós. Veintiuno...

—Te equivocas, Ben. Es al revés.

Ben retiró la mano con furia y empujó a Jake:

—Y tú ¿qué crees que haces? Yo nunca me equivoco.

—Cally —llamó Lori—. ¡Cally. Ven!

Pero Cally estaba paralizada con los ojos muy abiertos y la mirada fija.

—Créeme, Ben. Por una vez.

—¡No!

Diez. Nueve.

—¿Vais a hacer algo? —gritó Jennifer—. Jake...

Cinco. Cuatro.

—No. Jake no es el jefe. Yo...

Uno.

—¿Podéis creerlo? —masculló Eddie.

Cero.

El mundo se volvió blanco.

Y quedó blanco, tan vacío como el cerebro de un amnésico.

—De modo que así es la muerte —observó Eddie tocándose los omóplatos y pasándose una mano por la cabeza—. No tengo ni alas ni aureola. Supongo que no nos graduamos para ser ángeles.

—Pueden quedarse con los ángeles—. Lo que cuenta es la nota en la academia, y gracias a ti, Daly, tenemos problemas.

Avanzó hacia Jake cruzando el vacío. Sentía tanta rabia y frustración que ni siquiera procuró controlarse. Jake tenía los brazos cruzados y la mirada fija. No se sentía intimidado ni impresionado.

—¿Cómo se te ocurre poner en entredicho mi autoridad de este modo? *Yo soy* el jefe. Y se supone que eso significa algo.

—En efecto —Jake frunció el ceño ante el índice con el que lo señalaba Ben—. Significa que no te rompo el dedo con el que me estás apuntando, pero si no te lo guardas, te prometo que tus guantes nunca volverán a lucir igual.

—¿Me estás amenazando, Daly? ¿Es una amenaza?

—Ben. Así no vamos a ninguna parte —Lori le dio un apretón en los hombros—. No puedes culpar a Jake. Todos hemos fallado.

—Tiene razón —intervino Jennifer—. Nosotros somos seis. No sois sólo vosotros dos. —Hizo un altavoz con las manos y las puso en la oreja de Jake—. ¿Me oyes bien, machito?

—Bien. Bien. La culpa es de todos.

«Sí, pero algunos son mucho más culpables que otros», pensó Ben. Se alegró de que Daly le diese un apretón de manos.

—Excelente —aprobó Eddie—. Y ahora que volvemos a ser amigos unidos ante un fracaso común, llega san Pedro. ¡Hola, san Pedro! ¿Habéis mandado a reparar las puertas celestiales? ¿Dónde están la barba y la túnica blanca?

—Nelligan, si dedicaras la mitad de esa energía a tu trabajo de espía, y no a la cháchara, te graduarías en una semana y Spy High podría despedirse de ti para siempre. Desgraciadamente para todos nosotros, no parece muy probable que lo hagas, ¿verdad?

El hombre que se materializó en el espacio blanco no se parecía a san Pedro, ni a ningún miembro de la corte celestial. A menos que hubiera un santo de todos los boxeadores, tan machacado e hirsuto como cualquier luchador, vestido de soldado y con una voz áspera que sonaba como pisar con unas botas sobre grava. El cabo Randolph Keene observaba al Equipo Bond con mirada crítica, moviendo la cabeza sobre su cuello de toro.

—Cabo, sé que pinta mal. —Ben quiso amortiguar el golpe.

—Llegamos al centro ¿no? y logramos detener dos de las bombas.

Por lo menos podía contar con Lori que lo apoyaba lealmente.

—Fracasasteis —gruñó Keene—. Hicisteis lo que ningún equipo de Spy High puede permitirse. Fracasasteis en la misión. Total, completa y absolutamente. De modo abyecto, patético, desastroso e imperdonable.

—De modo, cabo —lo interrumpió Eddie—, que si tuviera que calificar del uno al diez...

Keene pulsó un botón de su cinturón.

—Pongo fin al programa. Esperad a ser transferidos.

El mundo blanco tembló como la cobardía. Se hizo una noche súbita.

Los protectores de cristal de las cibercunas silbaron y se elevaron. Los adolescentes fueron liberados del entorno digital del programa Stromfeld, para ser trasladados al ambiente menos exótico de la sala de realidad virtual de la academia. Se sentaron pestañeando y frotándose los ojos. La transferencia de un ámbito experimental a otro siempre requería cierta adaptación.

No obstante, estaban acostumbrados a que el cabo Keene estuviese allí, esperándolos.

—Al estudio del tutor Grant —dijo gruñendo—. Treinta minutos.

El silencio que siguió llevaba implícito un *o si no...* Keene dio media vuelta y salió con paso firme.

—Nunca veremos a Keene en el papel de Santa Claus, ¿verdad?

—No lo sé —Lori salió de su cabina, movió las piernas y se estiró—. El cabo Keene siempre está de tan mal humor que nunca sé si va en serio o no.

—Ahora va en serio —dijo Jake—. Nunca se hacen bromas con Stromfeld.

—¿Quiere decir esto que de verdad tenemos problemas? —preguntó Jennifer arqueando la espalda—. No nos pueden catear por eso, ¿no? Nos darán otra oportunidad, ¿verdad, Ben?

Ben miró a Jake. Era un triunfo que Jennifer le hubiera dirigido la pregunta a él y no a su rival, pero acaso fuese el único del día. No se enorgullecía demasiado por ello.

—Vamos, Jen, ya conoces las reglas. Nos las explicaron al comenzar el semestre. Cada equipo tiene tres oportunidades para superar el programa Stromfeld. Tres fallos y fuera; no es negociable. Y ya hemos cometido dos.

—Pero... —Jennifer se esforzaba por comprender la situación, con una mezcla de desesperación y desafío—. Pero... eso quiere decir que no podemos volver a fallar. No lo entendéis. Yo *tengo* que graduarme.

—Bien —dijo Ben intencionadamente—. Algunos tendrían que recordarlo la próxima vez que se sientan con ganas de discutir la decisión del jefe del equipo. Voy a ducharme.

Lori siguió a Ben, como siempre, pero esta vez también iba Jennifer, quien todavía buscaba más información. Jake esperó hasta que se marcharon y se quedó abatido, reflexionando.

Eddie observaba a Cally. En verdad que todavía no había

salido de su cibercuna y seguía sentada e inclinada hacia delante, como si quisiese vomitar. Tal vez era así. Eddie se dio cuenta de que no había dicho palabra desde sus muertes virtuales en el programa Stromfeld.

—¿Estás bien?

Le preguntó tímidamente. Las preguntas íntimas sobre temas de salud o similares no se contaban entre los puntos fuertes de Eddie.

—No.

—¿Quieres que te traiga un cubo, o algo?

—Qué chiste tan gracioso.

—En verdad sí, aunque estoy pensando en renovar mi repertorio.

—¿Y por qué no me dejas en paz? No estoy de humor.

—No era real, Cal, ya lo sabes. Stromfeld, las bombas, lo que hicimos o dejamos de hacer. No dejes que te deprima. Sólo es un entrenamiento. Nada ha sido real.

—Pero podría haberlo sido —los ojos de Cally mostraban que se sentía herida, confusa y abatida—. Un día podría serlo, ¿no? Nos estamos formando porque si algún día aprobamos el curso, podríamos tener que hacerlo en realidad. Los Stromfeld existen, ¿no? Perturbados con planes espantosos. Tal vez en algún momento haya vidas humanas reales que dependan de nosotros. ¿Y qué va a pasar entonces?

—¿Entonces? Entonces lo haremos bien —respondió Eddie—. Espero.

Episodio 1
Factoría Frankestein

**Primera
parte**

1: Antes

ARCHIVO CRI DTC 7046

... al borde del desastre. Según la Fundación Nostradamus, formada por un reconocido grupo de pensadores globales, la Tierra está a punto de entrar en un período de crisis que supera a cualquier otro de su historia.

«Donde quiera que mire —dice el doctor Abu El Sharif, presidente de la organización—, veo conflictos o semillas de conflicto. En muchas regiones del planeta la ley y el orden se están extinguiendo, y existen grupos terroristas dispuestos a explotar la anarquía resultante de dicha desaparición. La tecnología ha entrado en una espiral descontrolada, y a menudo no existen barreras entre lo que el hombre puede hacer, y lo que debe hacer. Las multinacionales ejercen más influencia que muchos países. Está emergiendo una nueva elite de multimillonarios tan poderosos que se creen más allá de las reglas y normas que rigen a las masas. La estabilidad global se ve amenazada de muchos modos al entrar

43

en esta década de 2060, y a menos que alguien adopte una posición firme, se ponga al frente, y demuestre visión y pasión, la fundación Nostradamus no ve otro futuro para la humanidad más que el apocalipsis...»

El tutor y jefe de estudios, Elmore Grant, suspiró y se pasó las manos por el pelo que iba encaneciendo de modo alarmante. Era un gesto que sólo se permitía cuando, tal como ahora, estaba a solas en su despacho en penumbras de Spy High. Supuestamente debía encender la luz, aunque había pasado tanto tiempo en aquella sala que podía desenvolverse a ciegas. Además la oscuridad lo ayudaba a pensar, y aquella noche necesitaba pensar.

Pocas horas antes había tenido al Equipo Bond frente a él, en el lado opuesto de la mesa; ninguno de los muchachos se había atrevido a mirar a su tutor a los ojos, y habían permanecido cabizbajos de vergüenza. Y bien podían sentirse así. Les había leído los resultados obtenidos por el resto de equipos de primer curso en el programa Stromfeld. Equipo Solo: aprobado. Equipo Hannay: aprobado. Equipo Palmer: aprobado. Equipo Bond... sobraron los comentarios. De los cuatro grupos de estudiantes, el Equipo Bond era el único al que habían suspendido. Era un resultado pésimo y peligroso para sus futuras posibilidades de supervivencia. Pero lo que empeoraba la situación para Grant era que, de los cuatro grupos de estudiantes admitidos en Spy High ese año, el Equipo Bond era el único que había elegido él personalmente.

¿En qué se había equivocado? ¿Estaba perdiendo el olfato, estaría envejeciendo?

Como si quisieran subrayar esa posibilidad, empezaron

44

a dolerle las piernas. A veces le pasaba, generalmente en los momentos más sombríos y solitarios de la noche. Era una sensación inexplicable, sobre todo teniendo en cuenta que una bomba terrorista había dejado a Elmore Grant sin piernas, hacía unos veinte años. Las extremidades que lo sostenían ahora habían sido confeccionadas artesanalmente en un laboratorio, con huesos y piel sintéticos. No podían dolerle. Carecían de sensibilidad. La sensación de cosquilleo era psicológica, no física, un eco distante del tiempo en que había sido un hombre completo, los días en que había sido agente secreto, un espía que arriesgaba la vida por el bien supremo. En cambio se había convertido en un hombre de despacho que elegía jovencitos imberbes para que hiciesen el trabajo que él ya no podía llevar a cabo.

Grant encendió su lámpara de escritorio y un arco de luz amarilla iluminó los archivos que correspondían a los miembros del Equipo Bond. Seis estudiantes lo miraban fijamente desde sus fotografías tomadas el primer día. El ojo de un experto podría decir mucho de ellos, aun viendo sólo aquella pose única, inmortalizada por la cámara en un segundo. Eddie Nelligan, pelirrojo deliberadamente despeinado, de sonrisa amplia que casi mostraba la lengua, simulaba burlarse de todo el proceso pero, a su ojos, se mantenía protegido y a cubierto, con determinación férrea. Cally Cross era la única afroamericana del grupo y llevaba con orgullo sus rastas, en señal de desafío, aunque también parecía insegura, desconfiada, y no miraba directamente a la cámara para no verse reflejada como realmente era. Lori Angel tenía cara de ángel, cabellera rubia, ojos azules de muñeca de porcelana, y una sonrisa que parecía al borde del llanto. Jennifer Chen era dura, impaciente, poco capaz de estarse quieta, e impulsada por un secreto que no quería compartir. Y por último estaban Jake y Ben.

Grant se permitió un segundo suspiro, como si estuviesen racionados y hubiera de usarlos con cuentagotas. Levantó las fotos de los dos chicos, las sopesó en las manos y las comparó. Jake parecía reflexivo, intenso, individualista, rebosante de energía, incluso en dos dimensiones. Ben era arrogante, distante, aristocrático, seguro de sí mismo y de su lugar en el mundo. Jake tenía el pelo negro y desordenado y Ben, corto y rubio. Opuestos. Opuestos que debían trabajar juntos. El equilibrio perfecto según el plan de Grant, sólo que el plan no parecía estar funcionando. Hasta ahora, entre Jake y Ben no había habido más que conflictos, en vez de cooperación. Acaso había sido demasiado optimista. Tal vez nunca iban a complementarse. Tal vez Ben jamás iba a complementarse con nadie.

Grant recordó los informes que llegaron a Spy High de los agentes de selección de la red de la Costa Este, mensajes referidos a un miembro de la familia Stanton, Benjamín T. Stanton, heredero de la fortuna de los Stanton, y notable por algo más que su dinero. Una mente brillante, un atleta notable y un valor potencial para la causa. Grant había infiltrado a un seleccionador entre el personal del instituto de Ben para hacerle un seguimiento e informar. Los informes habían sido espectaculares, con una reserva: la arrogancia. Ben era bueno y sabía que lo era. Posiblemente no podía formar parte de un equipo, concluían los informes.

Grant había decidido verificarlo en persona.

ARCHIVO CRI DVG 7113

... pide que se prohiban los implantes de potenciadores del cerebro cuando el prodigio de las matemáticas, Oliver Harcourt—Evans, de cinco

años, sufrió un síncope cuando daba una conferencia sobre mecánica cuántica en el Blair College, Oxford. Los rumores de que los lóbulos
frontales del genio se habían fundido tras la
cirugía potenciadora siguen sin confirmarse...

Era su momento.

Cuando hicieran una película sobre su vida (y la harían
tarde o temprano, de eso estaba seguro) incluirían esa secuencia. Benjamin T. Stanton Jr. ocupando su lugar legítimo
en el centro de atención, con la pelota en la mano y con los
marcadores empatados, a pocos segundos para el final del
partido. La multitud contenía el aliento mientras la defensa
contraria esperaba, como tanques humanos, a la estrella de
Upstate High, el prodigio adolescente de los deportes esco-
lares. ¿Qué iba a hacer? Todo dependía de su decisión. Y se
estaba divirtiendo. Reía.

Su derecha estaba despejada. Ben podía pasar la pelota.
Confiaba en conectar el pase. No obstante, si lo hacía cam-
biaría el centro de atención, y las miradas de la multitud se
dirigirían a otra parte. Quedaría relegado a ser uno más
mientras Willie Liebowitz marcaba el tanto decisivo.

No era lo que él quería. Si alguien iba a ganar el juego
para Upstate, sería él.

Corrió. Una carrera hacia la gloria mientras pasaban los
segundos. Apretó la pelota contra el pecho, tan vital como
su corazón. Atravesó como un dardo las primeras defensas.
Eran tontos y lentos. Podía superarlos a todos. El clamor y
los gritos del público lo espolearon. Las manos se alarga-
ban entre impulsos desesperados. Era un rayo, un as, nadie
podía pararlo. Los dedos frenéticos se lanzaban a sus ta-
lones, pero él escapaba a todos. Estaba solo. Iba a cruzar la

línea. Y alzó la pelota, como si se tratara de la antorcha olímpica.

¡Gol!

Entonces lo rodearon sus compañeros de equipo que se apretujaban lanzando vivas y gritando, y lo subieron a hombros. Ben aceptó su adulación y dio un puñetazo al aire tan fuerte en señal de triunfo que pudo haberle dejado marca. Se quitó el casco para que pudieran admirarlo con más facilidad y miró a la multitud. Todos lo aclamaban y vitoreaban, todos excepto…

Excepto un hombre, que permanecía en su asiento mientras los demás se levantaban y se aproximaban. Era el único que no se unía al júbilo colectivo. Tenía los brazos cruzados, a la defensiva, como si se negara a mostrarse impresionado. Miraba directamente a Ben con expresión burlona. Ben se percató y se preguntó quién sería y por qué no se uniría a la celebración general. Sólo tuvo tiempo para captar que era canoso y de mediana edad antes de que sus compañeros de equipo se lo llevasen en andas alrededor de la cancha. ¿Y qué importaba, en todo caso? Nunca volvería a verlo.

Pero el hombre lo esperaba a la salida del vestuario.

—Benjamín T. Stanton Jr. —dijo, como si eligiera un menú.

—Soy yo. ¿Desea algo?

—Posiblemente.

—Estaba en el partido ¿no? ¿Es periodista o algo así? ¿De un periódico local? ¿Quiere una entrevista? Acepto entrevistas.

Era desconcertante. El hombre no parecía tener la necesidad de pestañear. Miraba a Ben como si examinara un espécimen al microscopio.

—No. No soy periodista.

—¿Y entonces? —Ben sintió que empezaba a ponerse nervioso—. ¿Por qué me mira así?

—No me impresionaste, ¿sabes?

—¿Qué?

Tal vez sólo fuera un loco, un excéntrico. Tal vez estaba a punto de conseguir a su propio seguidor fanático —lo cual estaba muy de moda en el mundo de las celebridades de entonces—, pero Ben sintió que sería mejor poner fin a aquella extraña conversación. La salida tumultuosa de algunos de sus amigos que estaban en los vestuarios le brindó la oportunidad. Lo llamaron y le hicieron señas. Estaba Willie Liebowitz, que daba una fiesta, y allí encontraría a Della Carey, con sus labios elásticos. Y Della Carey tenía cierta debilidad por las estrellas deportivas que marcaban el tanto del triunfo en los segundos finales de un juego.

—Mire —dijo Ben, aliviado—, ha sido un placer conocerlo, pero debo marcharme. Mis amigos me esperan...

—Es un trabajo de equipo.

—¿Perdón?

—Pudiste haber pasado la pelota. Debiste haber pasado la pelota. Se trata de un trabajo de equipo. No me pareció bien.

—¿Pero usted, qué es? ¿Una especie de entrenador?

Sus amigos seguían llamándolo, pero ahora le parecían distantes, poco importantes. Ben se sentía vejado.

—Marqué el tanto del triunfo, ¿no? Gané el partido.

—Para ti, pero no para el equipo. Hay una gran diferencia.

—La única diferencia está entre ganar y perder.

—Si es eso lo que piensas, Benjamin T. Stanton Jr. —dijo el hombre—, será mejor que te marches con tus amigos. A ser el pez grande de un estanque pequeño, durante el resto de tu vida.

—¡Oiga! —protestó Ben—. ¿Qué le da derecho a hablarme así?

Sus amigos lo llamaban mientras se alejaban:

—¡Ben, vamos! ¡Es la fiesta de Willie! ¡Della no va a esperar! —gritaban.

—Sé lo que te espera, Ben —dijo el hombre ya más sincero, con más apremio, como si se le acabara el tiempo—. Una beca en Harvard, ser socio en el bufete de abogados de tu padre, numerosas aventuras juveniles y, luego, te casarás con una dulce chica de buena familia, pero que no ha tenido una idea original en toda su vida. Riqueza, estatus, respetabilidad. Benjamin T. Stanton III. El pez grande de un estanque pequeño. Todo predecible, Ben. Tedioso.

—¿Y entonces? ¿Quién es usted?

—Puedo ofrecerte algo más. Con mayores riesgos, es cierto, pero con recompensas más altas.

—No...

—¿Has oído hablar del Deveraux College?

—¿Deveraux? Por supuesto. He oído a mi padre hablar de esa academia. *Exclusiva* no sería la palabra, se queda corta. ¿Quiere decir que usted tiene algo que ver con ella?

—Sí, ella tiene algo que ver conmigo —dijo el hombre— y podría tener algo que ver contigo también.

Sacó una tarjeta y se la dio a Ben. En ella sólo había un número de videófono.

—Si te atreves, guarda esta tarjeta. Y si te atreves, llama a este número.

Ben vaciló. Cuando hicieran una película sobre su vida (que harían tarde o temprano, de eso estaba seguro), ¿incluirían también esta extraña escena? Recibir la tarjeta del desconocido misterioso, y comprometerse con lo desconocido. Tal vez antes se había equivocado. Tal vez su momento era ahora.

Una llamada final de sus amigos. Ben se volvió hacia ellos instintivamente.

—Volveremos a vernos, Benjamin T. Stanton Jr.

Y al volverse, el hombre de pelo canoso había desaparecido.

ARCHIVO CRI DVM 7192

... los daños a la torre Eiffel después del reciente ataque terrorista no son tan graves como se temió al comienzo, aunque no se permitirá que los visitantes suban al monumento durante varias semanas. «Tal vez sea hora de pensar en una fuerza de trabajo», sugirió un portavoz del gobierno francés. «Nuestros grandes monumentos públicos han de ser protegidos y cuidados en beneficio de las generaciones futuras.» El grupo Paso de Todo, que está contra el patrimonio, ha reconocido su responsabilidad en el atentado, el último de una serie de ataques a hitos históricos en toda Europa...

Cuando Grant volvió a Spy High tenía una llamada de Ben. Y también otra de un seleccionador del Medio Oeste , concretamente de la región de los domos, que en esos momentos se hacía pasar por granjero. Grant no podía imaginar qué habría hecho ese tipo para merecer ese trabajo en particular. De todos los palillos cortos que se podían elegir, ése era sin duda el más corto. En los domos jamás pasaba algo que no fuese plantar, cultivar y cosechar los productos de la tierra. Nunca habían reclutado un alumno de Spy High en esos lugares. Pero «para todo había una primera vez», se

dijo Grant. Los prejuicios empañaban el juicio y debilita-
ban la mente.

Centró toda su atención en el archivo que le había enviado el seleccionador. Nombre: Jake Daly. Al día siguiente
Grant se puso en camino hacia los domos.

El lugar era un paisaje asombroso, hubo de reconocer, y
los domos se elevaban hacia el cielo como setas de vidrio
brillante. La construcción había sido la respuesta del gobierno de EE.UU. a la gran contaminación de 2020, cuando los elevados niveles de polución habían estado a punto
de estropear buena parte de la producción agrícola del
país. Después del caos originado por las protestas y el con-
secuente y extendido malestar social, la construcción de los
domos simbolizó el orden y la estabilidad, y protegió cientos de millas de tierra agrícola de primer orden… Infinitas
extensiones de trigo maduraban bajo las brisas suaves de un
medioambiente perfectamente controlado que garantizaba
abastecimiento para todos.

Todo aquello estaba muy bien, desde luego, a menos
que uno tuviera que vivir allí. Algunos, los que trabajaban la
tierra, pasaban la vida entera bajo las estructuras de protección, sin sentir jamás demasiado calor ni demasiado frío,
sin ver jamás una tormenta. Allí nacían y se criaban, y nunca conocían otra cosa. La mayoría de ellos, incluso los jóvenes, parecían contentos de su suerte, satisfechos.

Jake Daly no estaba entre ellos.

Un rebelde, decía el informe. No iba al instituto porque
ya sabía más que el personal docente, que era de bajo nivel.
Solía pelearse con los visitantes, los forasteros o los turistas
con cámaras a quienes les gustaba retratarse con los niños
de los domos para luego volver a las ciudades y al mundo
real. Un potencial notable que podría desaprovecharse
fácilmente si, por culpa de haber nacido allí, Jake quedaba

condenado a seguir siendo agricultor de los domos para siempre.

Grant no tuvo que ir lejos para encontrarlo. Recorrió las calles limítrofes, un barrio de chabolas que había crecido en esa zona, y oyó el ruido de una pelea.

Había dos tipos que lo acosaban, más grandes que Jake. Llevaban ropa cara, una moda que no estaba al alcance de las aspiraciones locales, aunque el efecto resultaba un poco alterado por la capa de polvo y algún desgarrón que otro. Es probable que los diseñadores tampoco hubiesen buscado el efecto que producían las manchas de sangre. Ni la sencilla camisa blanca de Jake, ni sus vaqueros, tenían manchas.

Grant averiguó rápidamente el motivo. Era de complexión fuerte y luchaba con naturalidad, instinto y deliberación. Allí donde sus contrincantes daban puñetazos al azar, Jake golpeaba con limpia precisión, y no tenía dificultad en desmontar cada ataque. Grant se preguntó cuál sería el rendimiento de Jake en el hologimnasio de Spy High y sus programas de combate. Ciertamente tenían que ofrecer más desafíos que las peleas callejeras.

Los dos forasteros habían caído de rodillas. Ya habían recibido suficiente castigo. Como señal de rendición, en vez de una bandera blanca, mostraban sus ojos morados.

—¿Os marcháis ya? —preguntó Jake con una cortesía burlona.

—Sí, tú ganas —gruñó el primer desconocido, verificando la posición y salud de sus dientes—. Nos marchamos.

—Está bien —dijo Jake—. Y la próxima vez que los niños de papá quieran reírse de alguien, intentadlo en otra parte.

—Sí, está bien. Pero por lo menos *podemos* ir a otra parte —dijo el segundo para provocarlo—. Tú tendrás que quedarte en este agujero el resto de tu vida. Piénsalo, campesino.

Jake contempló con expresión amarga cómo los derrotados se marchaban cojeando:

—No hace falta recordármelo —murmuró, creyendo que nadie podía oírlo.

—No tiene que ser así, necesariamente.

Jake se sobresaltó al ver a Grant por primera vez.

—¿Quién es usted? —le preguntó a la defensiva.

—Dime, Jake ¿has oído hablar del Deveraux College?

Cuando Grant volvió a Spy High anotó que enviaría al seleccionador de los domos a otra parte, acaso al Caribe, a modo de agradecimiento.

Ahora su nuevo equipo contaba con dos miembros.

ARCHIVO CRI DVO 7214

… la huida de no menos de treinta peligrosos criminales de la Prisión de Máxima Seguridad Submarina Aquatraz. Las fuerzas policiales de las ciudades costeras más cercanas están en alerta máxima. Las autoridades están impresionadas por la magnitud de la fuga, y se sospecha que hayan recibido ayuda interna. «Hay algo sospechoso», dijo el portavoz. Mientras tanto, la dimisión del alcaide…

Hubo algunos problemas con los padres de Jake, en particular con el padre, para quien el trabajo de su hijo en el campo aportaba un salario, pero finalmente ambos consintieron, aunque de mala gana: Jake iría a Deveraux. Probablemente, y como solía ocurrir, el énfasis de la academia en ofrecer plazas únicamente a chicos *extraordinariamente dotados* fue la clave. A los padres les gusta creer que sus hijos son especiales. En cualquier caso los Daly firmaron el formulario correspondiente sin que Grant tuviese que recurrir al pulverizador hipnótico, aunque lo hubiese hecho de haber sido necesario. La sugestión hipnótica era sólo un último recurso, pero había sido utilizada en alguna ocasión. Las necesidades de Spy High y la seguridad del mundo eran más importantes que las consideraciones familiares.

Y así fueron reclutados Ben y Jake, pero eso era sólo una primera parte. Lo que realmente importaba era que funcionasen como agentes secretos. Un dato de un seleccionador que identificó un joven prodigio, tan irónico como buen corredor, hizo que Grant añadiese a Eddie Nelligan a la lista. La esperanza era que su sentido del humor pudiese crear una especie de zona de distensión entre los particulares caracteres de Ben y Jake. Pero desgraciadamente los resultados no fueron buenos. En el programa Stromfeld, por ejemplo, Ben había puesto en peligro la misión al no seguir las órdenes e intentar llegar al centro antes que Jake, por una cuestión de orgullo personal, y Jake había agravado la situación al contradecir a Ben sobre la desactivación de la bomba, cuando el jefe del equipo siempre había tenido razón.

La cosa no iba bien. El tiempo jugaba en contra del Equipo Bond.

Pero… ¿había elegido mejor a las mujeres? Tal vez no debía atribuir toda la culpa a Ben y Jake. Tal vez debía evaluar las cosas de otro modo. Un equipo de Spy High tenía que estar tan unido como una familia. El Equipo Bond estaba haciendo que los Simpson pareciesen la familia Brady, pero ¿quién había sido responsable del *casting*?

Grant pensó en Cally. Tal vez su primer encuentro en

una comisaría de policía fue indicativo de lo que estaba por venir.

ARCHIVO CRI DVQ 7235

«… campos fértiles para que las pandillas y los grupos terroristas obtengan reclutas», continuó el profesor Landon. «Hay que emprender acciones para proporcionar vivienda y educación a estos jóvenes de inmediato, antes de que sea demasiado tarde. Sé de algunos proyectos que enseñan informática a los sin techo, que les ofrecen acceso a las tecnologías punta, pero son proyectos que a menudo están mal financiados y abandonados. Ha llegado el momento de…»

Cally estaba en la sala de visitas y parecía de mal humor. Tenía una expresión desafiante y recelosa. Sus años en la calle la habían hecho cautelosa y desconfiada. También la convirtieron en delincuente.

—¿Otro policía? —quiso saber cuando entró Grant.

—No. No soy policía.

—Entonces ¿eres mi abogado? No hablaré hasta que me traigan un abogado. Sé que vosotros los policías tenéis cuotas que cumplir y supongo que estás ansioso por que yo te ayude a hacerlo. Supongo que seré una auténtica joya en vuestra lista de delincuentes juveniles, ¿no?

—Ya te dije que no soy policía —respondió Grant, tranquilo—, ni tampoco soy abogado.

—¿Y qué eres, entonces? ¿Un turista? Espera. No me digas que eres un fanático cristiano. En ese caso mi alma y yo estamos bien. Gracias.

—No. Nada de eso.

Grant se sentó ante Cally y la miró, pensativo:

—Soy tu billete de salida.

—¿Qué? ¿Vas a hacer que esos ricos retiren los cargos? Sería más fácil que te encontraras con Elvis Presley de camino a casa.

No obstante había una nota de esperanza en la voz de Cally.

—No me refiero sólo a salir de esta comisaría de policía —dijo Grant—. Puedo sacarte de toda tu vida.

—¿De qué me hablas? ¿Quién eres?

Comenzaba a inclinarse hacia él, mientras la máscara de hielo iba fundiéndose.

—¿Dónde está tu familia, Cally?

Entonces notó pena en sus ojos, una herida que nadie podría esconder, ni aun siendo mayor o más curtido que Cally Cross.

—No está cerca, eso seguro. Posiblemente tuve unos padres ¿no? Todo el mundo los tiene. Pero supongo que los míos recibieron una oferta mejor en otra parte. No se me ocurre por qué. A la mayoría de los padres les gustaría tener una hija de la tierna edad de catorce años para cuidarla ¿verdad? Tú no eres mi padre ¿no? Porque el tema del color… como que no coincide.

—¿De modo que siempre has vivido en la calle?

—¿Me lo preguntas o me lo dices? —Cally se encogió de hombros, como si no le importara—. Sí, hasta donde recuerdo.

—¿Educación?

—He aprendido unas cuantas cosas. Una mujer de un albergue me enseñó a leer. Me apaño, sí. Aprendo bastante rápido.

—¿Y dónde aprendiste a hacer esto?

Grant le mostró un pequeño aparato electrónico y lo puso en la mesa que los separaba.

—Cam —Cally tendió la mano y lo acarició como si fuese una mascota—. Me preguntaba qué habrían hecho contigo.

—¿Cómo lo has llamado?

—Cam —respondió Cally de mal humor, olvidando aparentemente dónde y por qué estaba allí—. Viene de camaleón. Ésta es mi unidad camaleón.

—¿Ah, sí? ¿Te importaría explicarme qué hace?

—¿Me reducirán la pena por buena conducta si lo hago? La cara de Grant no expresaba ninguna emoción. Cally se encogió de hombros.

—Bien ¿y por qué no? Lo que se hace con el chico Cam es que se pega a la alarma de una casa y se integra, igual que un camaleón que se mimetiza. Engaña a la alarma haciéndole creer que es parte del mismo sistema y que todo funciona correctamente, pero en realidad está destruyendo los circuitos para que mis amigos y yo podamos entrar en las casas de los ricos y les demos un buen dolor de cabeza a las aseguradoras. Funciona siempre. También esta vez.

—El problema fue que uno de tus supuestos amigos resultó ser otro camaleón ¿no? Realmente no eran amigos y te vendieron por dinero ¿verdad?

—No se puede confiar en nadie. —Cally trató de no sonar demasiado sincera pero no fue convincente—. Tarde o temprano siempre te fallan. Por eso prefiero los ordenadores, la electrónica y a mi amiguito Cam. Siempre se puede confiar en los ordenadores.

—Es evidente que tienes una facilidad natural para esas cosas.

—Una chica no puede pasar toda la vida mendigando en las calles.

—¿Te gustaría trabajar con los ordenadores más avanzados, el último software, programas de realidad virtual, y diseñando pequeños artilugios, como tu amiguito Cam?

—Ya sé quién eres —se mofó Cally—. Y yo que creía que Walt Disney había muerto.

—No bromeo, Cally —dijo Grant—. Y sé más sobre ti de lo que crees.

Spy High tenía agentes seleccionadores en las calles y en las hospederías. Eran capaces de remover cielo y tierra para reclutar a los mejores.

—Sé que no puedes ser feliz con el tipo de vida que llevas ahora y sé también que bajo esa apariencia callejera se esconde una persona lo suficientemente inteligente como para no dejar pasar una oportunidad, si se la ofrecen. ¿Qué me dices? ¿Te interesa?

La voz del hombre tenía algo que hizo que Cally pensara en un padre, el padre que nunca conoció, ni quiso, ni abrazó. Fijó los ojos en la mesa, sin atreverse a mirar al hombre a la cara. La unidad camaleón que sostenía entre las manos se había enfriado.

—¿Cómo sé que puedo confiar en ti?

—¿Y cómo sabes que no puedes?

Finalmente Cally confió en él; ahora estaba en Spy High. Y dado lo traumatizada que parecía estar tras su último encuentro con el programa Stromfeld, acaso también ella se hubiese equivocado. O Grant se había equivocado al reclutarla. Tal vez estaba más segura en las calles, después de todo.

Lori Angel también luchaba por encontrar su lugar, y sus antecedentes eran tan impecables como los de Ben. Su cara y su cuerpo eran propios de una reina de la belleza y su currículum académico correspondía al de un genio, casi fuera de serie. Había sido una de las más interesadas en participar y hacer algo que probara de una vez por todas que Lori Angel era algo más que una cara bonita y que tenía capacidades que superaban su apariencia. Y Lori había sido la primera y única de las chicas en tener novio. Grant se preguntaba si sería una ironía.

Respecto a Jennifer Chen, el agente que la había descrito no había exagerado. Sin duda, para su edad, su talento en artes marciales era el más notable de Spy High. Sin embargo, los antecedentes que acompañaban sus habilidades ponían en peligro su progreso: sus propios recuerdos tenebrosos. Grant había apostado a que la chica podría superarlos gradualmente, a la larga. Pero parecía llevar más tiempo de lo que había supuesto y una partida perdida en el mundo del espionaje podía tener consecuencias muy lamentables.

Grant se recostó en su silla y cerró los ojos. Se pasó las manos por el pelo. Atormentarse no tenía sentido, no llevaba a nada. Había elegido al Equipo Bond de buena fe, basándose en sus capacidades verificadas por un seleccionador reputado. Él los había traído, sí, pero lo que harían después y la forma de afrontar las cosas era algo que quedaba bajo su propia responsabilidad.

Y saltaron chispazos desde el primer día.

ARCHIVO IGC DVS 7290

... la testigo Cherilee Fox lo describió como lo más espantoso que había visto en su vida. «Todos eran tan jóvenes —dijo—, y tan guapos. Tenían toda una vida por delante. Y todos estaban cantando en el parque, cogidos de la mano formando un gran círculo y entonces levantaron la mirada y estallaron en llamas. En un minuto eran de carne y hueso y al siguiente eran bolas de fuego. ¿Qué clase de mundo estamos creando? Quiero decir, ¿qué hace que unos chicos estén dispuestos a hacer algo así?»

Se cree que todas las víctimas eran miembros de una secta suicida. Sus nombres...

2

ARCHIVO CRI DVW 7400

... retiro completo de la vida pública. Las diversas empresas, fundaciones e instituciones de propiedad de Deveraux, o con su patrocinio, siguen reforzándose, pero el propio señor Jonathan Deveraux, la novena fortuna del mundo, hace ya quince años que no ha sido visto. Desde hace tiempo se sospecha que el motivo de la reclusión del multibimillonario es una enfermedad, aunque se rumorea que en la actualidad Deveraux vive como un ermitaño, arrepentido de la crueldad que en un tiempo caracterizara sus negocios, y que llevó a la ruina a muchos de sus rivales. No obstante no se sabe a ciencia cierta dónde vive, ni en qué ocupa su tiempo. Ni nadie sabe en qué...

—Perdón ¿es aquí? —Eddie se asomó por la ventanilla del taxi. Árboles, árboles y más árboles—. Quiero decir que a menos que la miel de arce que me puse en la tortita esta mañana haya resultado alucinógena, vi una placa que decía Deveraux College y hemos pasado una especie de puerta hace unos diez minutos, pero no veo ningún indicio de la academia.

—Los campos —indicó el taxista— son muy extensos.

—¿Extensos? He visto países más pequeños. Si vamos mucho más allá cambiaremos de zona horaria.

—Ya llegamos —dijo el taxista—. Relájese y disfrute el paseo.

—Para usted es fácil decirlo. No se tomó una taza de café de más antes de salir, ¿verdad?

El taxista tenía razón. Eddie tenía que relajarse un poco y disfrutar del momento —momento que, le parecía, no iba a llegar nunca, ni siquiera el día que apareció Grant en el circuito ciclístico—. Pero allí estaba la oportunidad de inmortalizar el apellido Nelligan por primera vez en la historia.

Para ser justos, los Nelligan *sí* que habían estado implicados en acontecimientos de importancia mundial en el pasado, por lo menos según la leyenda familiar. Al parecer había habido un Nelligan en El Álamo, lo cual probablemente explicaba que Eddie no fuera aficionado a la comida mexicana. Y había habido un Nelligan con el general Custer, en la batalla de Little Big Horn, ancestro que seguramente ese día hubiese deseado estar de baja por enfermedad. Hubo un Nelligan en el *Titanic*: billete de tercera clase y vista de primera del fondo del Atlántico. Hasta allí había averiguado Eddie sobre sus antepasados —la tendencia sugería que no debía preocuparse indebidamente sobre su plan de pensiones—. Pero lo peor era que los historiadores nunca habían notado la presencia de un Nelligan en aquellos momentos propios de las grandes películas. Al parecer nunca llegaron a conseguir el primer plano que los hubiese hecho memorables. Siempre habían quedado relegados a ser el amigo del amigo de algún famoso.

Eddie estaba decidido a que dejase de ser así. Spy High sólo aceptaba veinticuatro alumnos al año. Ello implicaba muchas horas de vuelo para todos, incluido el hijo único de la señora Nelligan. Era una pena que la operación fuese tan secreta y que no se pudiese escapar ni una palabra de los auténticos propósitos del Deveraux College, ante nadie, ni siquiera ante los padres, bajo pena de muerte, o algo así. Eddie calculó que muchas más chicas lo mirarían con ojos de adoración y con los labios entreabiertos, si hubiesen sabido cuál era, en realidad, su entrenamiento. Imaginaba que después de la graduación iba a poder escribir sus memorias. Suponiendo que llegase hasta allí, claro. En aquellos momentos tan sólo tenía un cincuenta por ciento de posibilidades de llegar al edificio de la academia.

Como si quisiera apiadarse de las quejas de Eddie, el bosque desapareció de pronto para ser reemplazado por un entorno más abierto. A lo lejos se divisaba un lago. ¿Era aquello un campo de golf? Jardines y césped. Un belvedere. Hacia el horizonte, campos de deportes, de atletismo y edificios. Pudo ver que, de todos ellos, el más grande era el Deveraux College, cuando finalmente y de mala gana, el camino se dirigió hacia allí.

Se levantaba con orgullo, imponente, alzándose sobre todas las otras construcciones, dominando el cielo, con las dos alas flanqueando un patio de grava y la entrada principal, abierta como en señal de bienvenida. Eddie quedó maravillado. Era como una mansión gótica de hacía varios siglos, transportada milagrosamente al presente, con contrafuertes y adornos de esculturas arcanas, gárgolas, demonios (esperaba que no fueran los últimos egresados). Casi imaginaba ver un campanario con Cuasimodo colgando de una cuerda. En los pisos altos había cuartos con techos de varias aguas, en posiciones locamente inclinadas. Las ventanas eran altas y austeras y estaban bordeadas de plomo, alineadas para mirar al recién llegado como tías solteronas que muestran su desaprobación. Era un edificio que prometía habitaciones ocultas y pasajes secretos, subterráneos húmedos y aventuras oscuras. Eddie hizo una mueca. Deveraux College ocultaba algunos secretos, ya lo sabía, y no todo era como indicaba la apariencia, pero la realidad tenía poco que ver con fantasmas y espíritus, ni con locas encerradas en las azoteas.

—Ya hemos llegado —dijo innecesariamente el taxista, parando delante de una imponente puerta de roble. Probablemente significaba que había que pagarle. La academia le había enviado sus gastos de viaje, podía permitirse una buena propina. Por otra parte nunca se sabía cuándo podría venir bien tener algo de dinero en el bolsillo.

El taxista no parecía muy feliz al marcharse.

Eddie lo vio alejarse y luego dirigió la mirada a la derecha, donde no muy lejos se estaba disputando un partido de fútbol. Nada sorprendente. Era algo que se hacía en todos los colegios. Asimismo comprobó que el juego era competitivo y cada jugada era defendida fervientemente por los jugadores, que presionaban por ganar. Tampoco en ello había nada raro. Sin embargo, había algo que no encajaba del todo, algo no andaba bien.

De pronto supo qué era. El silencio era completo. Los jugadores no se gritaban, ni se oía nada cuando chocaban sus cuerpos. Tampoco se oían pitidos. Era como verlo en televisión y sin volumen. Eddie frunció el ceño. Desde luego la explicación más racional era que el viento se llevaba el ruido, como si fuese un ratero. Sólo que no había viento. Podía oír claramente al taxi, que ya casi se perdía a lo lejos.

66

¿Y qué importaba? Tal vez guardar silencio durante las competiciones deportivas era parte de una buena formación de espía en este centro. Eddie cogió las maletas y se volvió hacia las puertas, que se abrieron automáticamente.

Al entrar se halló en una pequeña recepción con corredores de paneles de roble que llevaban a ambas alas. La recepcionista que estaba detrás de la mesa, una mujercilla apergaminada que parecía tan vieja como el propio edificio, le lanzó una mirada afilada como un bisturí.

Eddie dejó las maletas.

—Hola. Me llamo…

—Tendrá que trabajar esa barriga —observó la recepcionista, indicando la ofensiva cintura de Eddie con su dedo sarmentoso.

—¿Perdón?

—No está en forma, jovencito. Demasiado blando, ése es el problema. Me sorprende que llegue algún alumno adecuado en estos días.

La recepcionista hizo un gesto de tristeza con la cabeza.

—Perdón pero ¿qué es esto? ¿una academia o una clase de aeróbic? —Pensó que el día se estaba enrareciendo—. ¿O me está hablando en lenguaje cifrado?

—¿Sabe? En mis buenos tiempos podría haberlo matado de siete modos diferentes, y sin levantarme de la silla.

—… ¿Y en Venecia las calles están anegadas? ¿Hace frío de noche en Moscú? —Eddie no estaba haciéndolo bien—. ¿Que la fuerza la acompañe…?

—Señor Nelligan, ¿no?

—*El neuras*, para los amigos.

—Por favor tome asiento, señor Nelligan. El tutor Grant estará aquí en un momento. —La recepcionista inspiró fuerte—. Debe de haber tenido un mal día.

—Gracias —dijo Eddie—. Ha sido, ejem, divertido.

Al agacharse para levantar sus maletas, buscó el asiento sugerido por la recepcionista. Y entonces la vio. O más bien, vio sus piernas. Largas, bien formadas, en sus vaqueros ajustados. El tipo de piernas que gustan a los chicos. Eddie se la comió con los ojos.

—El resto de mi persona está un poco más arriba —dijo la joven inclinándose—, ¿o tienes algún problema en el cuello?

—No, no.

«Recupérate Nelligan», ordenó Eddie. «Espía con una sonrisa. Impresiona.» Hizo una mueca.

—Las maletas son muy pesadas. Gracias por preguntar.

Era maravillosa, de origen chino-norteamericano, felina, con los miembros ágiles y livianos, y los ojos verdes de un gato.

«Por favor, Señor», suplicó Eddie, «que esté en mi grupo».

—Si me presento —dijo— ¿no vas a darme la bienvenida y decirme que me siente, verdad?

—Inténtalo.

—Eddie Nelligan.

—Jennifer Chen. Y estas son mis piernas, puesto que pareces tan interesado. Izquierda y derecha.

—Es un placer conoceros a las tres. ¿Te importaría si…? —Eddie se acercó a las sillas y eligió una frente a Jennifer—. Acabo de llegar.

—No me digas. Y yo que había pensado que ir arrastrando por ahí el equipaje era parte de tus ejercicios para estar en forma.

—Muy buena —rió Eddie con gracia—. Sarcástica además de guapa.

La chica iba a ser un desafío y a Eddie le pareció que podría estar a la altura.

—¿Y qué me dices de ti, Jennifer? Por cierto ¿no has venido a entrevistarte para el trabajo que requiere diplomacia, ¿es verdad?

—Supongo que los dos estamos aquí por el mismo motivo —comentó Jennifer sin afirmarlo—. Aunque si me hacen esperar mucho más puede que me lo piense mejor y me marche.

—No lo hagas. Todavía no nos conocemos bien.

—Tienes razón. Tomémoslo por el lado bueno.

—Escucha —dijo Eddie—. Tal vez debamos buscar a alguien de nuestra edad que nos informe mejor que el fósil de recepción.

Un par de estudiantes se paseaban por aquel mismo pasillo. Se trataba de un chico y una chica; iban muy juntos y riendo en voz baja, como si compartiesen alguna broma secreta. No parecieron ver a Eddie, ni siquiera cuando se dirigió a ellos directamente:

—¡Hola! Me llamo Eddie. Mi amiga y yo somos… —pero ellos siguieron andando sin hacerle el más mínimo caso.

—¿Normalmente causas este efecto en la gente? —quiso saber Jennifer, riendo sin mostrar mucha simpatía.

Eddie frunció el ceño, y por más motivos que su incomodidad ante Jennifer. Todo aquello era muy extraño; era como el partido de fútbol silencioso. Nadie era tan mal educado como para ignorarlo totalmente, o no percatarse de su existencia. Su enfado se convirtió en rabia:

—¡Eh, os hablo a vosotros dos! —Eddie corrió hacia los estudiantes distraídos. Tendió la mano y la interpuso entre ellos—. ¿Me estáis oyendo?

Los estudiantes siguieron andando.

—Jennifer —se retiró Eddie, mirándose la mano como si tuviera algo raro en ella—. ¿Has visto?

—Sí y puedo ver esto también.

Eddie miró. Jennifer se había levantado y se acercaba a

otro par de estudiantes que seguían la misma dirección que los primeros. De hecho parecían idénticos a los anteriores. Jennifer se puso en su camino pero ellos siguieron de largo sin detenerse.

—Hologramas —suspiró la recepcionista, como si ellos tuviesen que saberlo—. Todos los que veis en esta planta del edificio lo son, excepto yo, desde luego.

—¡Qué vergüenza! —masculló Eddie.

—La imagen pública de Deveraux College. Por cierto que en mis tiempos contratábamos actores. Bien... —suspiró la recepcionista con nostalgia—. El jefe de estudios Grant va a recibiros ahora. Y buena suerte a los dos... porque vais a necesitarla.

Grant los esperaba de pie al final del corredor. Hizo un gesto para que Jennifer y Eddie se acercasen:

—Muy bien. Dejad las maletas. La señora Crabtree se ocupará de ellas. Gracias, señora Crabtree.

—¿Crabtree? —se burló Eddie acercándose a Grant—. Es un nombre en clave, ¿no?

—Pues no, y habla con un poco más de respeto. Violet Crabtree es la única espía fundadora superviviente. Tenemos mucha suerte al contar con ella. Y ahora pasemos a lo nuestro. Venid conmigo, por favor.

Grant abrió una puerta que llevaba a una habitación con libros y una gran mesa de caoba. Cuando hubieron entrado, cerró la puerta.

—¡Vaya! —exclamó Eddie admirado—. ¿Es esto un despacho o una biblioteca?

—Ni una cosa ni la otra. Es un ascensor —respondió Grant.

—¿Qué?

—Por favor —pidió Grant a Jennifer—. La puerta.

—Pero si no...

A Eddie le gustó ver a Jennifer tan perpleja ante las instrucciones de Grant, como lo había estado él ante los hologramas. Abrió la puerta con cuidado. Y el asombro los hizo tomar aire.

Ya no había corredores de roble. Los dos adolescentes se encontraron en una amplia y vibrante sala de metal, vidrio y plástico. Los bancos de maquinaria zumbaban y chirriaban. Ante los ordenadores había hombres y mujeres con delantales blancos, acariciando los teclados como concertistas de piano. Una batería de monitores que rodeaba todo el espacio desplegaba vistas de las principales ciudades y monumentos del mundo. Otras pantallas presentaban imágenes y sonido en directo de lo que parecían las agencias informativas más importantes del planeta. La sala vibraba con voces en diferentes idiomas, que destilaban todos los cotilleos del mundo.

—¿Reciben Cartoon Network? —preguntó Eddie.

—Aquí lo recibimos *todo*.

—¿Y para qué es todo esto? —Jennifer intentaba asimilar el bombardeo de sonidos e imágenes que la asaltaba.

—Ahora estamos bajo el edificio principal de la academia —explicó Grant—. Éste es nuestro Centro de Recopilación de Inteligencia (CRI). En la Tierra no ocurre nada que no conozcamos al momento, o incluso en la mayoría de los casos *antes* de que ocurra. Esta sala es los ojos y oídos de toda nuestra maquinaria. Nos indica dónde nos necesitan y por qué. Aquí empieza el auténtico significado del Deveraux College.

Apoyó las manos en los hombros de los jovencitos:

—Eddie Nelligan, Jennifer Chen. Bienvenidos a Spy High.

ARCHIVO CRI DVX 7537

… renunció tras una serie de fracasos para evitar los ataques terroristas contra los objetivos más notables, el último de los cuales fuera el desastre de la aeroplataforma. «Nuestros actuales cuerpos legislativos son sencillamente demasiado lentos para responder al tipo de amenazas a las que nos enfrentamos hoy —dijo Constantine—. Necesitamos un nuevo tipo de protección contra los enemigos de la sociedad, un nuevo tipo de guardianes, y hasta que ello ocurra, siempre…»

A Eddie le pareció que era un poco como estar en una discoteca, aunque sin música, luces que relampagueaban ni chicas yendo juntas a los servicios. Los alumnos recién llegados a Spy High revoloteaban con bebidas y cosas de picar en las manos, sin estar muy seguros de qué hacer o cómo presentarse a sus compañeros y futuros agentes secretos. Las chapas con los nombres en códigos de color que les habían dado al entrar a la sala de recreación habían sido diseñadas, evidentemente, para facilitar las cosas. Ciertamente ayudaron a Eddie. Cuando tanto él como Jennifer recibieron placas de color azul, apenas pudo contener su entusiasmo.

—¡Qué coincidencia! Parece que vamos a estar en el mismo grupo.

En el fondo quiso decir *tú y yo, guapa, tú y yo*. La expresión de Jennifer sugería que acababa de tragarse un limón.

Por lo menos le dio motivos para seguirla de un lado a otro sin ser arrestado. También consiguieron localizar a los otros cuatro miembros de su grupo. Eddie se preguntaba si no debería marcharse y comprar un número de lotería. No podía creer en su buena estrella. Como si los encantos de Jennifer no bastasen para un pobre muchacho de sangre caliente, Lori Angel y Cally Cross tampoco tenían necesidad de recurrir a la cirugía plástica. Lori era una rubia de película, mientras que Cally tenía un aire más exótico, conferido por los rizos meticulosamente trenzados con cuentas que lucía. Todas diferentes, pero todas fantásticas. Alguna tendría cierta debilidad por los pelirrojos con antepasados irlandeses, ¿no?

Desgraciadamente los dos miembros masculinos del grupo no eran tan promisorios. Por un lado, estaba el chico rubio y alto de quien sospechó que tenía la costumbre de llevar consigo un espejo para poder admirarse cada vez que sintiese la necesidad, lo cual probablemente ocurría a menudo. Ben Stanton Jr. había anunciado su nombre como si ya tuvieran que saberlo (¿realmente se referiría a sí mismo como Junior?). Parecía mirar a los demás como si perteneciesen a una especie diferente, muy inferior a él, y que podrían ser fumigados cuando se diera el caso. Jake Daly, por otro lado, le recordaba un animal salvaje a punto de saltar. Eddie le sonreía mucho (aunque no demasiado). En verdad no lo quería como enemigo.

En el momento en que Grant dio unas palmadas y pidió atención todavía no habían llegado a charlar demasiado y su contacto había sido escaso, casi microscópico. Parecía que el tutor estaba a punto de empezar un discurso. Eddie pensó que sería mejor si se instalaba al lado de Jennifer. De hecho, si estaba al lado de Jennifer ¿a quién le importaba lo que pudiese decir Grant?

Sus palabras tenían que ver con la *aventura* en que acababan de embarcarse.

—En el momento en que cruzasteis las puertas el Deveraux College, vuestras vidas cambiaron para siempre —señalaba Grant—. Desde el momento en que os convertisteis en alumnos de esta institución, lugar que los graduados anteriores han bautizado de modo cómico, pero exacto, como Spy High, disteis la espalda a vuestra vida anterior y os comprometisteis con un futuro arriesgado y peligroso. El período de formación en Spy High será de dos años de permanente desafío. Se os pondrá a prueba y se os examinará, se os llevará al límite y más allá. Y no habrá respiro, descanso, ni lugar para ocultarse. Ni un solo día, ni un solo momento. Muchos de vosotros dudaréis y muchos abrigaréis el temor al fracaso. Incluso es posible que algunos se queden en el camino y jamás se gradúen. Ocurre a veces. En Spy High sólo sobreviven los más fuertes, porque sólo ellos pueden proteger nuestro mundo y este país de las fuerzas lóbregas que amenazan con su destrucción. Pero debéis hacer acopio de valor. Nunca os desaniméis. Ninguno de vosotros está aquí por casualidad. Todos poseéis las habilidades y cualidades necesarias no sólo para cumplir las estrictas exigencias de Spy High, sino para llegar más lejos y sobrepasar a los alumnos anteriores en excelencia y logros. —Grant hizo una pausa—. Os hemos elegido porque sois los mejores. —Volvió a callarse—. Demostradnos que teníamos razón.

Hubo un aplauso. Ben Stanton parecía ansioso por liderar el aplauso, aunque Eddie no estaba seguro si ello significaba aprobación hacia las palabras de Grant, o que se ufanaba por estar allí.

Grant levantó las manos:

—Mañana, el señor Deveraux, fundador y creador de nuestro trabajo en Spy High, se va a dirigir a vosotros para contaros más sobre vuestra estancia entre nosotros. Y sólo una observación más: mirad a vuestro alrededor. Buscad a quienes llevan la placa de identificación de vuestro mismo color. —Eddie no necesitaba oír más. Esperaba que la orden fuese que se abrazasen—. En este momento puede que sólo sean nombres y caras —«y todo lo demás», pensó Eddie—, pero a partir de hoy serán las personas más importantes de vuestras vidas. Vuestra carrera, vuestro éxito, la propia supervivencia en Spy High y en adelante dependerá no sólo de vosotros, sino también de vuestros compañeros. Habéis llegado aquí como individuos, pero dejaréis Deveraux como equipo. Rojo es Solo. Dorado, Hannay. Verde, Palmer, y Azul —contuvieron el aliento instintivamente—, Azul es Bond.

«Equipo Bond», reflexionó Eddie. Habían sido bautizados con el nombre del mejor agente secreto de todos los tiempos. Aparentemente seguirían los pasos de James Bond. No podía ser más guay.

—He oído que a lo largo del año hay una especie de competición entre los equipos —dijo Ben cuando Grant hubo acabado y volvieron a charlar—. Tendremos que ganar.

El Equipo Bond se había dividido en dos grupos, por sexos. A Eddie le hubiese gustado estar con las chicas, pero creyó que por el momento sería más políticamente correcto solidarizarse con los hombres. No quería dar la impresión que estaba allí sólo para ligar.

—Competición entre los equipos —repitió Jake con escepticismo—. También he oído que tendremos que pasar exámenes al final de este semestre y para mí ya es bastante problema.

—Tienes que apuntar alto, Jake —respondió Ben con una ligera entonación de arrogancia—. Si no piensas como un ganador, acabarás como un perdedor.

—Suena a eslogan de las galletas de la suerte —observó Jake—. ¿No te encantan?

Ben se acercó a él.

—No serás un Daly de Boston, ¿no?

—¿Daly de Boston? ¿Qué es eso? ¿Un periódico?

Al darse cuenta de que empezaba a surgir un pequeño desacuerdo, Eddie intervino. Tal vez debió haberse unido a las chicas, después de todo.

—¿De dónde eres, Jake?

Su recompensa por haber intentado mantener la paz fue una mirada dura de Jake que en el fondo significaba «¿y a ti qué te importa?»

—Domo Trece. Estado de Oklahoma —informó de mala gana.

—¿Domo? —la entonación de Ben mostraba algo de lástima y de rechazo—. ¿Vienes de los domos?

—¿Algún problema?

«Niño rico», pensó Jake.

A Eddie lo alivió que Ben dijera suavemente que no tenía problemas ni con eso ni con otras cosas, aunque sospechó que Jr. pensaría en ello para sus adentros. Aprovechó el silencio momentáneo para dirigir la conversación hacia un tema que no crearía controversias entre Ben y Jake.

—Me pregunto de qué estarán hablando las chicas.

—No te preocupes, Eddie. No será de ti —le contestó Ben.

—Pero están bastante buenas ¿no? —Eddie provocó a sus compañeros—. Y son suficientes.

—Entonces te imaginas tus posibilidades, ¿no?

Parecía que hasta Jake podía conseguir una expresión vagamente comparativa y cómica.

—¿Por qué no? En mi barrio tengo cierta reputación.

—Eso me lo creo —lo provocó Ben.

—Vamos. Hagamos una apuesta —había herido el orgullo de Eddie—. Apuesto a que puedo salir con una de nuestras fantásticas colegas.

—¿Sólo con una?

—¿Con cuál?

—Con cualquiera. Y si me dejáis acabar, apuesto a que puedo tenerla comiendo de mi mano en una semana. Podéis creerme.

Era una apuesta absurda, Eddie lo sabía, pero por lo menos había logrado unir a Ben y Jake.

—Pero Eddie —reflexionó Ben—, eso de comer de tu mano... ¿te refieres en sentido literal?

ARCHIVO CRI DVZ 7541

... ratificación de los Protocolos Schneider para regular la ciencia de la ingeniería genética. «Es un paso adelante fundamental» dijo la mediadora de los EE.UU., Emma Trabert. «Existen demasiados científicos sin escrúpulos. Los protocolos son vitales para realizar un seguimiento y restringir el tipo de trabajo que se está realizando. ¿Quién sabe lo que podría ocurrir si la genética se nos escapa de las manos? Pienso que podemos afirmar con seguridad...»

—¿Qué piensas realmente de los chicos? —preguntó Lori, mientras ella, Cally y Jennifer deshacían las maletas y se instalaban en su habitación. Compartían un dormitorio triple en una zona del ala de estancias de Deveraux, y los chicos tenían un cuarto similar.

—Intento no pensar en ellos —masculló Jennifer—. Son chicos y sabéis qué van a buscar. Sólo piensan en una cosa, si es que son capaces de pensar... No deben apartar nuestra atención de lo que realmente hemos venido a hacer aquí.

Ese Eddie me hace guiños cada cinco minutos, como si tuviese algún tipo de tic nervioso. Si es lo mejor de lo mejor, como ha dicho Grant, el mundo corre más peligro de lo que pensamos.

—No lo sé —Cally pensó en Jake, en sus rasgos varoniles y reflexivos, y el indómito pelo negro que parecía esperar a que unos dedos lo acariciaran—. No me parecen tan mal.

—A mí me parecen bien —dijo Lori, con una convicción que la sorprendió—. Pienso que tenemos suerte de que estén en nuestro equipo. Me gustan.

—Espero que el sentimiento sea mutuo —puntualizó Jennifer, irónica.

—¿Qué quieres decir?

—Quiero decir que tú también les gustarás, Lori. Nada más.

Lori frunció el ceño. No estaba segura de que le hubiese gustado lo que insinuaba Jennifer. Su tono sugería que no la tomaba en serio, que pensaba que Lori sólo estaba allí como la niña bonita que quiere encontrar un agente secreto como novio, y tal vez hacer que la capturaran y rescataran muchas veces. ¿O estaba siendo paranoica? En cualquier caso, Grant la había elegido y tenía todo el derecho a estar allí. Iba a triunfar en Spy High todo lo que pudiese. Decidió que el primer paso iba a ser enterarse de todo lo posible sobre sus nuevos compañeros, para construir una ética de equipo positiva. No sería demasiado difícil. Todos tenían el interés común de trabajar bien.

Lori volvió a dirigirse a Jennifer, que estaba colocando reverentemente una fotografía enmarcada en la cabecera de su cama. Parecía una foto de familia, una familia china: unos padres sonrientes y dos niños radiantes (un niño pequeño y su hermana algo mayor). La niña debía de tener unos nueve o diez años. Sin duda era Jennifer Chen.

—¡Qué foto más bonita! —exclamó Lori tendiendo la mano para cogerla—. ¿Puedo?

—¡No! —Jennifer se abalanzó sobre la foto y la apretó contra el pecho. Sus ojos se encendieron y fue presa de una rabia súbita e inexplicable.

—Bien, bien —Lori no insistió—. Sólo quería mirarla. No iba a romperla ni nada. Imagino que puedo vivir sin verla.

—¿Qué pasa? —preguntó Cally preocupada.

Jennifer miró a una y otra a la defensiva y sintió que había dado la nota.

—Lo siento, lo siento —rió de manera falsa—. Es sólo que ésta es la única foto que tengo de mi familia y, como podéis imaginar, para mí es muy importante. Pensé que podrías... dejarla caer o algo... Lo siento.

—No te preocupes —la calmó Lori—. No debí haber tratado de cogerla. Ya lo sé para la próxima vez.

Jennifer sonrió y Lori también, pero sólo por pura cortesía. Tal vez la ética positiva de equipo tendría que esperar un poco.

ARCHIVO CRI DVZ 7599

Ayer en la Conferencia nacional de Consejeros Rus, en New Pittsburgh, los delegados fueron informados de que el temor al futuro es la mayor causa de ansiedad para los clientes. «Es nuestra responsabilidad hacer que vuelvan a sentirse seguros», declaró la presidenta de la empresa, Eleanor Croon. Su discurso fue interrumpido cuando un aerobús estropeado se estrelló contra el techo del palacio de congresos, y provocó la muerte de varios delegados. Se sospecha que puede haber habido sabotaje...

3

ARCHIVO CRI DWB 7604

... robo de equipo científico de la instalación. No se ha hecho pública la naturaleza precisa de los materiales robados, pero la participación en la investigación de la mediadora de los Protocolos Schneider, Emma Trabert, ha hecho que algunos supongan que este misterioso asunto esté relacionado con experimentación genética ilegal...

—En la tierra —dijo la voz de Jonathan Deveraux, y las grandes ciudades solares de la costa de California aparecieron entre ellos como picos de montañas brillantes.

—En el mar —y los profundos océanos los inundaron en cascada; la última visión de los estudiantes fue la de las granjas submarinas donde se cultivaban los lechos marinos.

—En los cielos —y flotaron al lado de las aeroplataformas, a gran altura sobre la tierra.

—Y en la vastedad del espacio.

Y apareció la colonia de las Naciones Unidas de la Luna.

Aunque Cally sabía que no estaba sobre la superficie lunar, le resultaba difícil respirar y se alegró cuando Deveraux siguió adelante.

—La historia de la humanidad en el siglo veintiuno ha visto avances y logros sin parangón. —Casi podían sentir las palmaditas en la espalda—. Sin embargo aún existen peligros en este mundo. Amenazas a la paz. Amenazas al orden. Terroristas. Perturbados. Megalomaníacos. Amenazas de toda clase a nuestra seguridad.

En ese momento las escenas holográficas chocaron entre ellas, y las ciudades solares estallaron en llamas, las granjas marinas fueron saboteadas, hubo explosiones en el aire y quejidos silenciosos en el espacio. Los sueños de la humanidad quedaban destruidos.

—Vaya, se podría hacer una película, ¿no?

—¡Cállate, Eddie! —ordenó Ben.

Las imágenes virtuales se desvanecieron. Jonathan Deveraux miró fijamente a los estudiantes que estaban frente a la pantalla. «Es como si pudiera ver dentro de nosotros», pensó Lori, «como si nos juzgara para decidir si valemos o no la pena». «Cincuentón», pensó, «guapo de manera austera, con rasgos muy masculinos que podrían haber sido moldeados en acero y ojos que brillaban con determinación y convicción».

—Es Dios pero sin la barba —había susurrado Eddie al principio. Lori pensó que quizá tuviera razón.

Deveraux continuó:

—¿Quién, entonces, está mejor equipado para combatir dichas amenazas, para resistir sin rendirse, sobresalir en la lucha y derrotar los peligros a los que nos enfrentamos? Los viejos no —ya pasó el tiempo de la generación anterior— sino los jóvenes. La tarea de los jóvenes es luchar por nuestro futuro, pues los jóvenes *son* el futuro. Vosotros, mis estudiantes. Cada uno de vosotros. Por eso habéis sido elegidos. Por eso estáis aquí. Spy High fue creado para ser el bastión del bien contra las fuerzas del mal, un lugar en el que los jóvenes se puedan formar para que el mundo del mañana sea seguro. Habéis puesto sobre vuestras espaldas una onerosa responsabilidad. Buena suerte.

—¿Suerte? —dijo Eddie mientras Deveraux desaparecía de la pantalla—. ¿Quién va a necesitar suerte? Cuando los malos vean que se les acerca Eddie Nelligan pondrán pies en polvorosa.

—Seguro, Eddie —señaló Jennifer—. ¿Por qué iban a ser diferentes a los demás?

Todo el Equipo Bond rió, pero Ben lo hizo muy rápido, como si quisiese cambiar de tema lo antes posible. Las lecciones introductorias estaban bien pero quería avanzar. Los peligros estaban ahí fuera y quería hacerles frente. Necesitaba una oportunidad para probarse a sí mismo.

—Hola.

Otro retraso. Ben se volvió y vio a un joven varios años mayor que él, de unos diecinueve, que se aproximaba con la mano extendida:

—Sois el nuevo Equipo Bond, ¿verdad?

—¿Nuevo? —preguntó Ben.

—Bueno, el modelo de este año. —El joven sonrió abiertamente—. Pensé que tenía que venir a saludaros. Mi nombre es Will Challis. Mirad, estuve en el Equipo Bond durante mi formación en Spy High. De hecho, fui el jefe del equipo, aunque creo que el motivo fue que nadie más quería serlo.

Ben miró a Will Challis con genuino interés. Un antiguo jefe del Equipo Bond. Ya había estado en el puesto al que Ben quería llegar. Tal vez ese retraso iba a ser aceptable después de todo.

El Equipo Bond se fue presentando con un apretón de manos.

—¿Así que eres un graduado? —Lori parecía impresionada.

—Así es —sonrió Will Challis—. Tengo el diploma y el birrete en casa. Los guardo debajo de mi cama junto a mi muñequera de narcodardos y mi rifle láser.

—¿Y participas en misiones de verdad? —Eddie deseaba saberlo todo—. ¿Misiones reales?

—En algunas —contestó Will Challis modestamente.

—Debe de ser increíble. —Los ojos de Ben brillaron al imaginarse a sí mismo como Will Challis.

—En general sí. —La expresión de Will se ensombreció momentáneamente.

—¿Nos puedes contar un ejemplo? —Incluso Jake parecía impresionado por la presencia de un auténtico graduado de Spy High—. ¿De una misión?

—Bueno —consideró Will—. ¿Recordáis aquel caso de unos terroristas que secuestraron una estación espacial en órbita y amenazaron con estrellarla contra la Tierra a menos que se cumplieran sus exigencias?

—No.

Los miembros del Equipo Bond se miraron unos a otros atónitos.

—Claro que no. Es porque mi equipo de Spy High y yo fuimos enviados en un cohete, abordamos la estación y acabamos con los terroristas. No hubo bajas de nuestra parte, ninguna, que...

—¿Y en qué trabajas ahora, Will? —preguntó Lori—. ¿Algo que nos puedas contar?

—Bueno, hay un asunto en perspectiva —dijo Will—, aunque todavía no ha sido asignado formalmente. Incluso los graduados de Spy High trabajamos bajo el lema de «saber sólo lo estrictamente necesario», y supongo que en este momento no necesito saber más. De todos modos me podéis desear suerte.

—Dudo que se suponga que podemos confiar en la suerte —comentó Ben—, pero si en un momento dado necesitas ayuda, ya sabes dónde encontrarla.

Will asintió, mostrando que apreciaba la oferta.

—Primero derrotad a Stromfeld y luego ya lo consideraré.

—¿Quién es Stromfeld? —preguntó Cally—. ¿Un profesor?

—Algo así —reflexionó Will—. Os demostrará lo poco que sabéis, sin duda. Stromfeld es lo que la escuela llama su principal programa de formación en realidad virtual. También es el nombre del personaje principal, y dejadme que os diga que va a amargaros la vida. Tenéis que superar el programa antes de acabar el primer semestre. De lo contrario, la única misión que tendréis será la de volver a vuestra antigua vida. Pero os concederán tres intentos, pues nadie espera que un equipo venza a Stromfeld a la primera.

—Nosotros lo haremos —anunció Ben.

«Idiota», pensó Jake.

—Tienes confianza en ti mismo —dijo Will— y la confianza es buena. Pero Stromfeld es un villano *peligroso*, un combinado de todos y cada uno de los dementes poderosos que odian a la humanidad; el lunático más codicioso sobre la faz de la tierra desde Hitler. El escenario del programa es distinto cada vez. Vuestra misión siempre es derrotar a Stromfeld y sus maliciosos planes para dominar al mundo, pero sus tácticas nunca son las mismas. Y tampoco Stromfeld. Hay Stromfelds calvos, Stromfelds con barba, Stromfelds con garras metálicas y Stromfelds con clones. Nunca sabes lo que te espera —Will abría sus ojos simulando horror—. Y todo esto ya os está esperando. Así que es mejor que no os distraiga más de vuestros estudios. Encantado de conoceros, Equipo Bond —nuevamente se estrecharon las manos— y siempre que necesitéis algo, un consejo, lo que sea, sólo tenéis que localizarme.

—Es muy amable de tu parte, Will —dijo Ben—. Gracias.

Miraron cómo se alejaba.

—¿Creéis que llegaremos a ser así algún día? —se preguntó Lori.

—Dalo por hecho —dijo Ben—. «Por lo menos, pensó, yo voy a ser así.»

—Oye Eddie —observó Jake—, no pareces muy contento. ¿Te molesta pensar en Stromfeld?

—En Stromfeld, no —respondió Eddie—, ¿pero ha dicho *estudios*? ¿No me digáis que, a pesar de todo, esto es una escuela?

ARCHIVO CRI DWB 7845

... todavía buscando al tecnoterrorista fugado Sergei Boromov. Al estar libre el conocido Pascal Z., y habiendo cada día más informes sobre la creciente actividad en la comunidad anarquista y tecnoterrorista, las autoridades temen que un determinado número de grupos fuera de la ley puedan comenzar a trabajar juntos. «La idea de una supercélula de tecnoanarquistas compartiendo recursos es algo que aterroriza», dijo el Jefe de Investigaciones...

◆ ◆ ◆

El Equipo Bond podía olvidarse por un tiempo de tener que actuar en conflictos reales. Para empezar, apenas sabían orientarse en la academia; así que mucho menos iban a hallar el complejo secreto de un supervillano. De todos modos, todo comenzaba a encajar paulatinamente. Bajo el suelo del edificio gótico que era la cara pública del Deveraux College, se encontraban las habitaciones y algunas salas recreativas, así como aulas para las clases correspondientes a las asignaturas tradicionales.

—¿Qué? —se había quejado Eddie—, ¿tenemos que estudiar mates? ¿Para qué sirve el álgebra cuando te atacan los tiburones? ¿Y el inglés? ¿Desde cuándo Shakespeare ha salvado al mundo? —Pero no había lugar para discusiones. Y nadie quería discutir cuando se aventuraban bajo tierra en los ascensores de estudio. Eso se parecía más a lo que buscaban. Allí, escondidas bajo tierra, se encontraban las zonas de formación y alta tecnología de Spy High: el CRI, la cámara de realidad virtual, las salas de formación en técnicas de espionaje y el hologimnasio. Allí, lejos de los ojos indiscretos, era donde se llevaba a cabo el verdadero entrenamiento.

Las vestimentas que tenían que llevar variaban en función de su localización. En el exterior, y durante las horas lectivas, los estudiantes vestían el uniforme común a todos los centros educativos, elegante y conservador. Bajo tierra, en cambio, sólo usaban trajes de choque.

—Ahora comprendo por qué los llaman así —se quejó Lori—. No dejan absolutamente nada a la imaginación. ¡Un poco más apretado y creo que me asfixio!

Eddie había sugerido que las chicas los llevaran siempre.

Después estaban los profesores, que en los primeros días fueron un maremagno de nombres y clases. El tutor Grant se hizo cargo de su formación en historia y técnicas del espionaje. Obviamente respetaban a Grant, aunque los muchachos habían quedado impresionados de manera más inmediata con la señorita Bannon, su instructora de armas. «¿Qué joven adolescente no se hubiera prendado de una mujer femenina, alta y morena, cuyo nombre de pila era Lacey, y que además era capaz de desmontar un rifle láser en apenas treinta segundos?», pensó Lori apenada. El cabo Randolph Keene era el encargado de los asuntos disciplinarios: planificación táctica, técnicas de infiltración y educación física general. La preparación específica en artes marciales estaba en las pequeñas, pero mortíferas manos del señor Korita.

—¿De verdad es tan pequeño, o está sentado? —había susurrado Eddie en su primera lección. Ben también lo había menospreciado:

—¿Qué nos puede enseñar un hombrecillo así?

Pero enseguida el señor Korita dio a sus escépticos alumnos una primera lección sobre lo que les iba a enseñar exactamente, arrojando a Eddie y a Ben por encima de sus hombros. A los dos a la vez.

Si Eddie hubiera aprendido su lección se hubiera evitado un pequeño incidente aún más vergonzante, en una de las primeras lecciones del señor Korita.

Lori vio que los muchachos se traían algo entre manos. Cuchicheaban y Ben y Jake daban pequeños codazos a Eddie en las costillas, y éste respondía asintiendo con entusiasmo y sonriendo complacientemente, como si sugiriera que cualquiera que fuese la situación, él la controlaría.

La clase era de judo. Llaves. El señor Korita ya había mostrado la técnica básica y, como podían atestiguar las moraduras de Ben y Cally, sus caderas eran como martillos. Ahora era el turno de los alumnos. ¿Algún voluntario? Jennifer. Por supuesto. Lori se había dado cuenta de que si la situación iba de violencia, ahí estaba Jennifer. ¿Y quién quería probar sus habilidades contra Jennifer? Eddie, quien nunca era voluntario para nada excepto para repetir en las comidas. Lori vio cómo Jake y Ben disimulaban la risa. También vio que la consternación momentánea en la cara de Jennifer se tornó en una ira fría. Entonces se agarraron de sus kimonos, separando las piernas y apoyándose el uno contra el otro. Y comenzó el combate.

—¡Vamos, Eddie, dale fuerte! —gritaban los muchachos entre risas.

—¡Tíralo, Jen! ¡A ver si aprende a golpes! —obviamente Cally pensó que tenía que apoyar a la representante de su propio sexo.

Lori no animaba a ninguno de los dos. Observaba sus caras. Eddie lo estaba haciendo bien, sorprendentemente bien, considerando que nunca parecía prestar atención en clase. Estaba firme de pie, desplazando su peso aparentemente sin esfuerzo para compensar cada movimiento que Jennifer hacía para desequilibrarlo. Lori vio cómo aumentaba la furia de Jennifer, pues sus ojos verdes ardían. Especialmente porque Eddie la estaba agarrando con una tranquilidad provocadora. Hasta que le dijo:

—¿Bailamos?

Después inclinó la cabeza hacia delante y le susurró algo inaudible al oído. Y agravó aún más sus transgresiones dando un beso en la mejilla de la asombrada Jennifer. Con un grito de rabia, del que se hubiera enorgullecido Bruce Lee, Jennifer giró su cuerpo, clavó su cadera sobre el costado de Eddie con todas sus fuerzas y lo lanzó por los aires. Eddie cayó de plano sobre la espalda, lo cual provocó la hilaridad de todos las presentes.

—¡Caída uno, quedan dos, Ed! —gritó Ben crípticamente.

Incluso el señor Korita se permitió un pequeño movimiento de labios.

Pero Jennifer no. Estaba sobre el pecho de Eddie, clavándolo a la colchoneta, retorciéndole el kimono en el cuello como si estuviese escurriendo un trapo, como si no fuese a parar hasta estrangularlo.

—No intentes hacer nunca más algo así, ¿me oyes? ¡Ni se te ocurra! —Y mientras la mayoría todavía se reía, Lori se dio cuenta de que iba en serio, y que sólo dependía de la fuerza de voluntad de Jennifer obedecer la orden del señor Korita para que soltara a Eddie. Había estado muy cerca de hacerle verdadero daño. Lori echó un vistazo a los muchachos. Jake parecía haberse dado cuenta también de la verdad, y miraba a Jennifer con un nuevo y más atento interés; no así Ben.

Jennifer fue muy aplaudida cuando se levantó.

—Entonces, Jen —dijo el postrado Eddie con un gemido—, ¿es eso un *no*?

ARCHIVO CRI DWE 7882

... últimamente en una serie de desapariciones en Wildscape y sus alrededores. A diferencia de las primeras personas desaparecidas, que eran todas turistas, Deke Pollock y Tolly Zane eran cazadores locales que conocían bien la zona. «Es imposible que Deke y Tolly se hubieran perdido», dijo Nathan Pardew, un amigo de los desaparecidos. «Allí debió de ocurrir algo más. Seguro...»

Ben pensó mucho en Will Challis durante aquellas primeras semanas del semestre. Will: antiguo jefe del equipo.

Ben: futuro jefe del Equipo Bond. Así se veía a sí mismo. Ben sabía que estaba en sus manos ser el graduado más importante, el agente secreto más insigne que hubiera salido de Spy High. No descansaría hasta conseguir esta meta. Iba a ser su vida. Pero primero tenía que asegurarse su elección como jefe del Equipo Bond.

Falsa modestia aparte (y Ben era muy adepto a poner la falsa modestia a un lado), no esperaba demasiada competencia en ese sentido. ¿Quién del Equipo Bond podría igualarle? Descartaba de antemano a Cally Cross y a Jake Daly. Una golfilla callejera y un chico de los domos. Lejos de dudar acerca de la calidad de los procesos de selección de Spy High, pensaba que Grant podía haber encontrado mejor material que ése. Había que admitir que la muchacha parecía ser bastantes dotada para los ordenadores, y podía ver su utilidad, pero en su opinión los únicos talentos de Daly no iban más allá de su actitud arisca y retraída. Nunca sería capaz de tener suficiente autodisciplina para triunfar. Nunca llegaría a nada fuera de la granja.

Eddie Nelligan era un caso bastante parecido. Demasiado amante de las bromas y las muchachas, aunque apenas tenía éxito en ninguno de los dos temas. Sería por su sangre irlandesa. Nelligan probablemente rechazaría el liderazgo del Equipo Bond incluso si, por algún tipo de milagro perverso, se lo ofrecieran alguna vez. Sólo quedaban Jennifer Chen y Lori Angel. Jennifer poseía pasión por el liderazgo, Ben lo había apreciado, pero carecía del autocontrol necesario; Lori, por su parte, había ido acumulando tranquilamente una serie de buenos resultados en las pruebas de las distintas clases. No era lo suficientemente buena como para superarlo —por lo menos, no todavía—, pero sí lo bastante como para ver en Lori a su desafío más próximo en su objetivo de ser jefe del equipo. Pero no iba a interponerse.

Nunca en su vida sería el segundo, y mucho menos quedaría por detrás de una mujer.

Y sus primeras calificaciones habían sido excepcionales, aunque lo dijera él mismo. Mejor del año en historia y técnicas del espionaje, mejores marcas en entrenamiento físico, invicto en el hologimnasio, sobresalientes con la señorita Bannon y el señor Korita. Sus credenciales para tener derecho a ser jefe habían quedado claramente establecidas y, a excepción de Cally y Daly, los demás ya comenzaban a tratarlo como tal. Sentía que era sólo cuestión de tiempo poder asumir su verdadero papel. Después llegaron a las aerobicis.

Las aerobicis surgieron de la crisis del petróleo que prácticamente marcó el final de la propiedad privada de los vehículos a motor de combustión interna. Las aerobicis, respetuosas con el medio ambiente al funcionar por medio de magnetismo, eran como las motos más grandiosas de finales del siglo veinte, aunque sin ruedas, y se deslizaban a varios metros por encima del suelo. Como ocurre con todas las innovaciones tecnológicas, al principio su precio era prohibitivo, y hasta hacía poco sólo los ricos podían pagarlas.

Ben había crecido con las aerobicis. Su padre le había comprado su primera aerobici para su cuarto cumpleaños, cuando todavía no era lo bastante grande para montarse en ella, pero quedaba bien aparcada fuera para que la viesen las visitas. Diez años después Ben imaginaba que ninguno de sus compañeros estaría tan familiarizado con las posibilidades de las aerobicis como él mismo. Iba a tener una nueva oportunidad de lucirse.

Y al principio ciertamente la cosa parecía que iba a ser así. Mientras perfeccionaba sus habilidades en los terrenos de la academia, Ben observó encantado que Lori, Jennifer y especialmente Jake no parecían estar naturalmente dotados en ese aspecto.

—Qué pena que no sea un tractor, ¿eh, Jake? —se burlaba Ben—. Apuesto a que entonces te hubieras lucido.

La mirada llena de furia de Jake hizo que el día valiese la pena.

Sin embargo, Ben estaba sorprendido y un poco preocupado al ver que tanto Eddie como Cally podían manejar las bicis como profesionales. Vagamente recordaba haber escuchado que Eddie tenía aptitudes para las carreras, pero Cally jamás hubiera podido permitirse tener una aerobici. No obstante, los dos eran rápidos, hábiles en los giros y maniobraban como si sus aparatos fuesen parte de sus cuerpos. En la prometida carrera que iba a completar la primera sesión, Ben casi se vio llegando tercero, una derrota impensable para él. Tenía que hacer algo.

—Eres bastante bueno con la bici, Eddie.

—Gracias, Ben. Ya era hora que nos ofrecieran algo que se me diera bien. Ya empezaba a pensar que me iban a rebautizar como Eddie *Último* Nelligan.

Ben le rió la gracia cortésmente.

—Cally también es bastante buena sobre el sillín.

—Eso he oído.

—Podría ser tu manera de entrarle.

—¿Qué dices?

—Algo en común. Os ponéis a hablar. Os dais algún que otro achuchón. Y algo saldrá.

—¿Ésa es tu fórmula, Ben?

—Sólo digo que ya has perdido todas tus oportunidades con Jennifer. Sólo queda Cally y Lori. Y ya has agotado un plazo. Si no actúas pronto, esta apuesta tuya se va a convertir en la Gran Vergüenza…

—Gracias por preocuparte.

—Realmente, sólo se me ha ocurrido una pequeña idea, si te crees capaz...

Se trataba de una carrera simple, de un extremo a otro del terreno, con un solo problema real: la zona boscosa hacia el final, donde se pondría a prueba el control que tenían los estudiantes sobre sus bicis.

El Equipo Bond estaba preparado para comenzar la carrera. Las posiciones y los tiempos de los corredores quedarían registrados, de manera que los estudiantes podrían acceder a los datos cuando tuvieran que elegir al jefe del equipo. Ben sonrió hacia la fila de sus compañeros. Lori estaba insegura. Jennifer, desconcertada. Jake, resentido. Cally, concentrada en su bici. Eddie saludó a Ben con un gesto. Ben agarró el manillar con más fuerza. El tercer lugar era tan malo como el último. No lo iba a permitir.

Keene disparó su arma. Las aerobicis partieron con estruendo.

Enseguida la carrera tomó el carácter que Ben había predicho. Incluso en terreno abierto, Cally, Eddie y él eran capaces de conseguir que sus aparatos se comportaran mejor que los de los demás, escapándose y dividiendo la carrera en dos. Y como había temido, por más que aceleraba el poderoso centro magnético de su bici, poco a poco Eddie y Cally iban dejándolo atrás.

Se adentraron en el bosque; Eddie y Cally iban a la par. Ben intentaba seguirles de cerca y no perderlos de vista, pero ahora también tenía que centrarse en los árboles o su carrera acabaría de manera prematura y dolorosa. Y eso no formaba parte del plan. Las bicis atravesaban el bosque como rayos, centelleando, y para evitar colisiones saltaban de un lado a otro como peces plateados. No iba a ganar. Estaba perdiendo terreno.

Era el momento de Eddie. Iba a toda velocidad y estaba superando a Cally. Como era previsible, no había podido resistir la tentación de echar un vistazo hacia atrás y hacer un gesto a Cally. Y, por lo tanto, no había podido ver el árbol que había aparecido firme y sólido justo delante de él.

Cally sí lo había visto, y gritó para que Eddie se diese cuenta. Pero fue demasiado tarde. Su aerobici se estrelló contra el árbol y perdió el control, cayó al suelo y derrapó. Eddie voló del sillín y aterrizó sobre la espalda. Se quedó quieto.

—¡Eddie! —Cally por supuesto dio la vuelta, frenó y corrió a su lado.

Y Ben aceleró a toda marcha. ¿Tercer puesto? Probablemente ahora no.

Jake, que se acercaba al lugar del choque, vio a Eddie tendido en el suelo y a Cally, consternada, arrodillada junto a él. Vio cómo Cally estaba inclinada sobre él, con las manos sobre su cuerpo y casi tocándolo con la cara. Y entonces, Eddie se puso a reír y a chillar, la abrazó con fuerza y ambos cayeron rodando por la hierba.

—¡Eddie, suéltame!

—¡Es un milagro! ¡Estoy completamente ileso!

—Cuando haya acabado contigo ya no lo estarás. —Cally lo abofeteó—. ¡Eres un tramposo, un fraude!

Entre golpe y golpe Eddie musitó:

—¡Qué cosas tan bonitas dices, Cal! Vamos, estabas preocupada, ¿o no? Te preocupaste por mí, ¿verdad? Admítelo. Ahora es el momento.

—Nunca será el momento para ti y para mí, estúpido. —Cally se puso de pie y subió airosa a su aerobici.

—Entonces… no me vas a hacer el boca a boca, ¿verdad?

—Otro primer puesto —dijo Jake a Ben más tarde—, a pesar de que Cally y Eddie son mejores que tú con las aerobicis.

—Eso no es lo que dice la estadística.

—Pudo haber sido un accidente grave. Eddie podía haberse lastimado. Me sorprendió que no vieras cómo ocurrió, Ben, ya que no estabas tan lejos. Pero no pudiste verlo, es imposible, pues si lo hubieses visto, habrías parado, ¿verdad? Era tu deber atender a un compañero herido. Era algo más importante que la carrera, ¿no crees?

—Eddie no estaba herido, Jake. Sólo intentaba ligarse a Cally.

—Ya. Divertida manera de hacerlo. Me pregunto de dónde habría sacado la idea.

ARCHIVO CRI DWF 7900 (ref. DWB 7604)

... el guardia superviviente sólo podía describir a los intrusos como «monstruos, criaturas que no pueden haber sido hombres» antes de volver a ser sedado. Las autoridades han descartado tales horripilantes declaraciones al considerarlas delirios de un hombre conmocionado, pues la seguridad se ha reforzado, tanto en Genetech como en otras instalaciones especializadas en investigación genética y experimentación. Desde los Protocolos de Schneider...

4

... la última tendencia de la moda son los ojos de
diseño. Se extraen los globos oculares del be-
neficiario y se reemplazan por ciberojos en diversos colores vivos y brillantes. Las nuevas
órbitas están completamente computerizadas y se
programan según las especificaciones del cliente, de manera que sólo ve lo que quiere ver.
«Actualmente el mundo es un lugar horrible», explicó un cliente potencial. «Con los ciberrojos
ya no tendré que verlo más.» Todavía está en desarrollo una versión especial para adultos en la
que todo el mundo aparecerá desnudo...

Las elecciones para jefes de equipo llegaron al final del primer mes del semestre. Cada miembro podía dar su voto a
cualquiera de su equipo excepto a sí mismo. Por lo tanto el
máximo número de votos que un estudiante podía obtener
eran cinco, y Ben no esperaba nada menos. Si alguien no le
votaba, dado su historial, era porque su juicio se había visto

afectado por el egoísmo y la envidia, y obviamente ni siquiera debería estar en Spy High.

Grant leyó los resultados al final de la lección de técnicas de espionaje.

—Eddie Nelligan, un voto. —Leía sin muchas ganas, como si se tratara de algo rutinario.

Eddie lanzó una exclamación de alegría.

—¿He obtenido un voto? ¿Alguien me ha votado? No me lo puedo creer. —Los demás le daban palmaditas en la espalda como a una mascota que ha hecho una gracia—. La persona que me ha votado debería ser expulsada de la academia ahora mismo por necesitar atención psiquiátrica urgentemente. ¿Cómo alguien en su sano juicio podría votar a Eddie *Último* Nelligan?

Ben sonreía para sus adentros.

—Jake Daly —continuó Grant como si nunca hubiera pronunciado ese nombre antes—, un voto.

Las palmadas en la espalda fueron esta vez para Jake, aunque Ben apenas hizo el ademán. ¿Daly ha obtenido un voto? ¿Alguien pensaba que el campesino de los domos era más capaz de liderar el equipo que él? ¿Quién era el traidor? ¿Quién le estaba dando una puñalada por la espalda?

—Y finalmente —concluyó Grant—, Ben Stanton, cuatro votos. —Silbidos y aplausos, y Ben luchando por parecer modesto—. Ben Stanton, por lo tanto, ha sido debidamente elegido jefe del Equipo Bond.

Podía haber sonado más entusiasta o impresionado. Grant estrechó la mano de Ben cortésmente, como si albergara ciertas reservas. Ben acarició por un momento la idea de recordar a su tutor lo de los peces grandes en estanques pequeños, pero pensó que no era ése el momento. Fue consciente de la mirada de admiración de Lori y de cómo le pasaba la mano por la espalda.

Pero cuatro votos, sólo cuatro votos. Quería cinco, necesitaba cinco, necesitaba haber sido incontestado.

—Daly —Ben agarró a Jake por el brazo mientras abandonaban la clase—. ¿No has entendido las reglas?

—¿Cómo dices? —Jake suspiró como un padre a su hijo mimado.

—De la elección. Se suponía que no podías votar por ti mismo.

—¿Qué? —dijo Jake enfadado—. Ah, ya lo entiendo. Crees que porque no conseguiste todos los votos disponibles, yo debo de haber hecho trampas. Qué, Ben, ¿no puedes aceptar que alguien tal vez no comparta tu idea de que eres el más grande desde Sherlock Holmes? ¿No puedes aceptar un poco de competencia?

—Se suponía que debíamos votar al más preparado para este trabajo.

—¿Y por qué no se lo dices a Eddie? ¿Cómo consiguió su voto? ¿Por qué me acusas a mí? —Mientras Ben parpadeaba, Jake se dio cuenta de la verdad—. Ah, claro. Stanton, realmente eres extraordinario.

—Te votaste a ti mismo por resentimiento, te molesta mi historial.

—Mira, niño rico, lo creas o no, no soy tan mezquino. Si te interesa saberlo voté por ti, puesto que soy capaz de pensar en el bien común antes que en mis sentimientos personales, pero ¿sabes qué? Ya comienzo a arrepentirme.

Ben frunció el ceño.

—No te creo. ¿Entonces quién votó por ti?

—Yo —contestó Cally firme y desafiantemente—. Fui yo.

Ben y Jake se volvieron hacia ella boquiabiertos por la sorpresa.

—¿Y quieres saber por qué? Porque pienso que Jake sería mejor líder, Ben, sólo por eso. Puede que seas el mejor de la clase en los estudios, pero un millón de sobresalientes son nada en el mundo real.

—*No* son nada —Ben la corrigió con resentimiento.

—Sólo piensas en ti mismo. Eres un cazador de gloria. Y no me gustas. Por eso no voté por ti.

—Pero los otros sí lo hicieron —Ben lanzó una ofensiva—. Porque si quieres saber cuál es el punto flaco del Equipo Bond, niña de la calle, mírate al espejo. Si puedes soportarlo.

—Muy bonito —gruñó Jake—. Stanton: Sin ninguna duda también vas a ser el primero en la clase de ética de equipo.

Pero a Ben no le importaba. La ética de equipo carecía de importancia. Sólo importaba el éxito. Y él era el líder. Eso no se lo podrían arrebatar. Había conseguido lo que tanto deseaba.

ARCHIVO CRI DWG 8120

... el juicio al industrial multimillonario Maxwell Irons ha llegado a su fin. El extravagante Irons, quien alegó ser «intocable» y que «estaba tan por encima de la ley como un águila lo estaba de la tierra», lo está celebrando con una fiesta para sus más de mil amigos íntimos en su rancho de hielo de la Antártida. Es probable que los festejos duren por lo menos un mes, lo que ha despertado temores entre los ecologistas...

—Enhorabuena— dijo Will Challis.

—Gracias. —Ben estaba sentado con Will en la sala de recreo—. ¿Parece como si te siguiera los pasos, no?

—Lo parece. Bien hecho, Ben.

—¿Entonces Deveraux llama a todos los jefes de equipo a su despacho para felicitarles personalmente o algo así?

Will miró a Ben con compasión.

—Lo dices de broma, ¿no? ¿Deveraux? Te puedo decir que ahora hace tres años que me gradué, he tenido decenas de misiones exitosas y aún no he visto nunca al fundador en persona. Tampoco lo ha visto ningún estudiante, ni en el pasado ni en el presente, con los que haya hablado. Grant lo ve, me consta. Grant es convocado al sancta sanctórum para tener charlas cara a cara; supongo que es un privilegio por ser el tutor y jefe de estudios. Pero fuera de eso sólo se le ve en la pantalla. Lo debes de haber escuchado en cotilleos: Jonathan Deveraux vive tan recluido que a su lado Howard Hugues parecería un fiestero.

—¿Howard qué?

—Perdona. Es alguien del siglo veinte.

De modo que Ben podía añadir una meta más a su lista: ser el primer estudiante que se recuerde en haber estado frente a Jonathan Deveraux. Guardaría la idea para más adelante.

—Aunque realmente, Will, hay algo que te quiero preguntar. Pronto llegará el momento de que nos enfrentemos por primera vez al programa Stromfeld. Bueno, si me pudieses dar algún consejo…

Will rió.

—Ése es el tipo al que deberías preguntar, no a mí —dijo señalando con el dedo.

—¿Quién? —Ben se giró hacia la dirección que indicaba. Sentado cara a la pared, pero hablándole como si fuese un confidente, había una momia de hombre. Su piel de pergamino estaba tan tirante por encima de los huesos que parecía que su esqueleto ya no podía seguir esperándolo para morir y estaba haciendo esfuerzos por liberarse.

—Gadge Newbolt —soltó Will—, también conocido como profesor Henry Newbolt, el cerebro que hay detrás del programa Stromfeld y de la mayoría de las otras tecnomaravillas de la academia.

—¿Bromeas? —Ben intentó contener su escepticismo—. ¿Cómo puede ser ese viejo chiflado el profesor Newbolt?

—¿Y quién pensabas que era? Lo debes de haber visto por aquí.

—Sí, deambulando por los pasillos —admitió Ben—. Hablando a las paredes. Pensé que sería un conserje o algo así. Quiero decir que había oído que el profesor Newbolt era un hombre brillante.

—*Era* sería la palabra correcta —observó Will—. En sus buenos tiempos Gadge fue el responsable de todo, desde el hologimnasio a nuestros dedos bomba y las nitrouñas. ¿Os las han enseñado ya? Son unas pequeñas tiras de plástico explosivo que se pegan a las uñas; cuando lo necesitas las retiras y, activando la mecha, las pegas en otra superficie y ¡bang! Un gran agujero a mano. Y no es un juego de palabras.

—¿Y qué pasó con Gadge?

—Imagino que la senilidad llega hasta a los más brillantes —suspiró Will—. El profesor comenzó a perder la cabeza. Sus ideas eran cada vez más estrambóticas. Cosas como folículos mecha que se escondían en el pelo, y sólo si te rascabas vigorosamente los podías detonar, hasta que te quedabas sin pelo y probablemente con muy poca cabeza. Pezones desmontables que se convertían en radiorreceptores. Aparentemente no fueron muy bien recibidos por Deveraux. Así que al final lo acabaron jubilando. Un retiro temprano. Todavía lo dejan ir y venir según le plazca, pero ahora sólo es tolerado. Tiene un laboratorio. Duerme allí. Habla a las paredes y no a la gente. Una verdadera pena.

—¿Así que estabas bromeando cuando me dijiste que debía pedirle consejos a él?

—No me extraña que seas el líder, Ben —sonrió ampliamente Will—. Pero te puedo dar un consejo. En Stromfeld espera lo inesperado. Y ahora me tengo que marchar. Tengo una reunión con Grant. Creo que finalmente me van a asignar mi próxima misión.

—¿Ah, sí? Bien, buena suerte.

Los dos jefes del Equipo Bond se estrecharon las manos.

—Gracias —dijo Will—. Ya nos veremos por aquí.

«Parte a una nueva misión», pensó Ben con envidia mientras lo veía marchar. «Algún día. *Algún día.*»

Terminó su bebida de un trago. Aún tenía una pequeña misión propia que cumplir para completar el día.

ARCHIVO CRI DWG 8185

… serán prohibidas las llamadas Cacerías de Extinción. «Matar un animal es algo muy rápido», explicó uno de los partidarios de los cazadores, «pero matar al último de una especie entera, tener ese poder en tu arma, es algo por lo que vale la pena pagar un montón de dinero. Si se extinguieran esos tipos que protestan, el mundo sería un lugar mejor, ¿no cree? En mi opinión...»

Ben no tenía la intención de escuchar a Lori y a Eddie a escondidas, pero en ese momento estaba allí, junto a la puerta abierta de la habitación de ella, y con ellos dos dentro. Lori estaba sentada en su cama y Eddie no paraba de moverse con un nerviosismo poco habitual en él. Ben desaprovecharía la ocasión. Eso era pedir mucho. Además, lo que pasara entre Lori y Eddie podría repercutir directamente en sus propios planes y en lo que pensaba decirle a Lori. Así que se quedó escuchando.

—Eso no es verdad, Eddie. No eres un fracasado. Nadie piensa eso.

—El ordenador sí. El ordenador que nos clasifica siempre me deja en el último puesto. Es como si tuviera abono de temporada en la sexta plaza. ¿Sabes Lori? Creo que el ordenador es hembra, es una chica y por eso la ha tomado conmigo. No gusto a las chicas, ya lo sabes.

—Eso tampoco es verdad, Eddie.

Ben sonrió con sorna. Eddie estaba cambiando de táctica con Lori y estaba jugando a hacerse la víctima. Dudaba que le diese buen resultado.

—Sé que es difícil creerlo, pero…

—Es imposible de creer. Me refiero a que a mí me gustas.

—¿De verdad, Lori? —Ben apenas pudo contener una carcajada por la completa inocencia del tono de voz de Eddie. Se acercaría a la cama pronto—. Eso me hace sentir tan… No, no lo dices en serio…

—Sí, es verdad. Me gustas.

—¿De verdad? —Sonido de muelles—. Entonces es genial porque tú también me gustas, Lori.

—¡Eddie! —Más muelles. Alguien se pone de pie. La voz de Lori acercándose—. Pero no de esa manera.

—No, claro que no. Sólo estaba… bueno, expresando mi gratitud. Tu cama rebota mucho… Sólo me tropecé…

—¿No decías que ibas a la sala de recreo?

—Es verdad. Es verdad. Es por ahí, ¿no? Sales y vas hacia la derecha. Ha sido muy agradable hablar contigo a solas, Lori.

—Adiós, Eddie.

—Vale. Nos vemos.

Eddie salió de la habitación tan deprisa que ni siquiera se dio cuenta de que estaba Ben.

—Y en el sexto lugar en la categoría de éxito con el sexo opuesto... —murmuró Ben.

Ben se puso serio, recompuso sus facciones y recordó la razón por la que estaba allí. Después llamó a la puerta.

—Eddie, creí que... —Lori abrió más la puerta y se quedó momentáneamente sorprendida al ver quién era—. Ah, Ben.

—¿Ese *ah* significa «sigue por el pasillo que me estoy lavando el pelo» o «entra, Ben, qué agradable sorpresa»?

—Entra Ben, qué agradable sorpresa.

Primer punto a su favor. El segundo punto a su favor fue que ella cerró la puerta.

—De pronto soy Miss Popularidad.

—¿Eh?

—Nada.

Lori sonrió. Tenía una sonrisa deslumbrante; encantaba a cualquiera. Ben imaginó su sonrisa junto a él.

—Enhorabuena de nuevo por haber sido elegido jefe del equipo. Lo harás muy bien, estoy segura.

—Ciertamente lo intentaré —respondió Ben con el tono más modesto que consiguió—. Y enhorabuena a ti también, Lori.

—¿A mí? ¿Por qué?

—Vi las notas. Fui el primero aunque no por mucho. ¿Y quién fue segundo? Una pequeña pista para ayudar a los espectadores que nos ven desde casa: está conmigo en la habitación.

Lori sonrió de nuevo, un poco ruborizada. No le ocurría a menudo que la alabaran por algo que no fuese lo bien que le sentaba un vestido. Y además Ben era tan guapo...

—Entonces es raro que nadie me haya votado, ¿no?

—Bueno, a veces la gente no ve lo evidente —Ben consideró que podía arriesgarse a hacer un nuevo movimiento—. Pero yo no. Tengo los ojos bien abiertos. No me puedes esconder tu talento, Lori.

Lori se ruborizó aún más. Echó un tímido vistazo a Ben desde detrás de sus pestañas.

—Mejor que pares, Ben. Esto se está convirtiendo en una sociedad de admiración mutua.

—¿Y qué hay de malo en eso? —Se imaginó a los dos juntos, de la mano o abrazados. Los dos en público. Ambos admirados.

—Depende de lo en serio que lo digas.

—Tal vez depende de lo en serio que quieres que lo diga. —Se estaban acercando, casi sin quererlo. Quizá Lori había olvidado que no necesitaba un novio para dar sentido a su vida.

—Muy, muy en serio.

—Eso está bien, pues yo voy contigo en serio, Lori.

—Ben…

Y él la tocó y supo que era suya. Y supo que lo tenía todo: la gloria, la chica y la mirada de adoración del mundo. Ahora y por siempre.

Su risa burlona, estridente, inhumana, semejante al graznido de un cuervo, hería sus oídos.

—Niños —se mofaba Stromfeld desde la pantalla del monitor—. Me mandan niños para distraerme. Bien, les devuelvo los niños. Miren al contador, pequeños.

Cally no se atrevía. Sus dedos bailaban sobre los controles de la puerta; la puerta de acero que los había encerrado en una sofocante habitación de metal que se negaba obstinadamente a abrirse. Sus compañeros de equipo se apiñaban en torno a ella, la apretujaban.

Y ella sentía cómo crecía su pánico y su desesperación. Era como una marea alta preparada para arrastrarlos. Miraron al contador.

—*¡Menos de un minuto! —dijo Jennifer.*

—*¿Qué pasa entonces? —Lori parecía como si realmente no quisiera saberlo.*

—*Nado bueno —dijo Jake apretando los dientes—. Stromfeld nos ha tendido una trampa y hemos ido a caer derechos en ella.*

—*Somos el eslabón más débil —se quejó Eddie—. Adiós.*

—*Todavía no. Todavía no. —Ben estaba detrás de ella—. ¡Más rápido, Cally! ¡Haz tu trabajo! ¡Sácanos de aquí! —Prácticamente le chillaba; le gritaba de tan cerca que le salpicó de saliva en la mejilla. Iba a agarrarla. En cualquier instante iba a agarrarla y zarandearla, pues no podía pensar, tenía demasiada presión. Y con una voz cargada de sarcasmo le dijo:*

—*Tú eres la experta.*

—*Déjala en paz, Ben —dijo Jake, y Cally se dio cuenta de que la estaba defendiendo—. ¡Lo está haciendo lo mejor que puede!*

—*¿Lo mejor que puede? Eso quedaría bien en nuestras lápidas. RIP Equipo Bond. ¡Cally lo hizo lo mejor que pudo!*

Stromfeld aplaudió desde la pantalla, con sus manos retorcidas como garras.

—*Niños malos. Deberíais haberos quedado en el parque para que vuestras mamás os sonasen la nariz.*

—*Yo no hablaría de narices si fuera tú, colega. —Eddie hizo una mueca burlándose de su perfil aguileño, de garfio—. Parece que a Newbolt ya se le estaba yendo la cabeza cuando te diseñó.*

—*Cállate… No puedo… —Los controles parecían nadar ante los ojos de Cally. Necesitaba una combinación. Ya había visto sistemas como ése otras veces. Estaba familiarizada con ellos pero no podía hacerlo. Los otros le gritaban y confiaban en ella, pero no podía hacerlo. No debía estar allí.*

Ben estaba dando alaridos.

—*¡Ahora, Cally, ahora!*

—El tiempo vuela cuando estás en una trampa mortal —remachó Eddie.

Cally no necesitó ver el contador para saber que habían llegado a cero. Sus compañeros gritaron todos a una.

El reluciente suelo de acero de la habitación se hundió. Más de un kilómetro de cielo separaba al Equipo Bond del suelo.

—Adiós, niños —se despidió Stromfeld.

—Por lo menos el programa terminó antes de estrellarnos contra el suelo. —Eddie buscaba algo de consuelo—. No tenía ganas de despachurrarme.

—Sí, y después de todo —interrumpió Lori, en gran parte por reconfortar a Ben— nadie espera que un equipo venza a Stromfeld en el primer intento. Todo el mundo lo dice, incluso el cabo Keene y el tutor Grant. —Miraba a los demás en busca de apoyo, mientras todos parecían hundidos en diversos grados de tristeza en la habitación de los chicos. El apoyo no iba a llegar de inmediato.

—Nadie lo espera. Todo el mundo lo dice —Ben echaba humo—. Podíamos haber sido los primeros. Pensad en eso. El primer equipo en conquistar Stromfeld en el primer asalto. Hubiéramos pasado a los anales de Spy High.

—En cambio —se quejó Eddie—, pasamos a los desagües.

—A lo hecho pecho —dijo Jake, como Lori, en gran parte por Ben—. No podemos cambiar lo que ya está hecho, así que no tiene sentido angustiarse o soñar. Tendremos que aprender para la próxima vez.

—Oh, genial, Jake. ¿Eso es sabiduría de campesino o qué? —Ben se levantó y se dirigió a Cally—. Sin embargo os puedo decir que he aprendido algo. Algunos no son tan listos como se creen que son.

Cally alzó la vista hacia Ben. Intentó devolverle una mirada desafiante, pero su propia impotencia la derrotó.

—¿Y qué quieres decir con eso? —Era importante que no la traicionara el dolor. No podía darle a Ben esa satisfacción.

—Figúratelo Cally. Tú eres la tecnomaga, ¿o deberíamos llamarte tecnobruja? ¿O debería ser *casi tecnomaga*? Esa puerta era tu responsabilidad. Si hubieras estado a la altura del trabajo, si hubieras sabido lo que hacías, todavía estaríamos dentro del programa. Fue tu responsabilidad —dijo acusándola con el dedo.

Cally intentó hablar, pero un nudo en la garganta se lo impidió. Silenciosamente recurrió a los otros, pero nadie la miraba. Excepto Jake.

—¿Por qué no dejas en paz a Cally, Ben? —Sólo Jake salió en su defensa.

—La verdad duele, ¿no? —Evidentemente quería seguir—. Tal vez lo hubieras hecho mejor si hubiéramos entrado a robar en la casa de alguna persona decente. ¿No es así, Cal?

—Perdonadme. —No podía soportarlo más. No tenía por qué soportarlo más. No cuando simplemente podía abandonar la habitación y a toda esa gente que no conocía y seguir su camino—. Me marcho.

Jake protestó y movió la cabeza.

—Otra bonita demostración de tus cualidades de liderazgo, Stanton.

Pero a Ben claramente no le importó.

ARCHIVO CRI DWG 8190 (ref. DWE 7882)

… se precisan investigaciones más profundas, mientras el número de desapariciones en Wildscape y alrededores continúa multiplicándose. La gente sale de casa y no vuelve…

Los hologramas residentes se desvanecían al cortar la luz, al tiempo que la temible señora Crabtree volvía a casa para un bien merecido descanso. No era probable que nadie, ya fuera vivo o generado por ordenador, estuviera en el vestíbulo para ver cómo Cally se iba y decirle adiós («y hasta nunca», pensó melancólica).

Todavía seguía en la más profunda oscuridad, desde los rincones de la academia a los extremos de los pasillos (bastante parecido a la historia de su paso por Deveraux). Aún no había corrido ningún riesgo absurdo. Salió sigilosa de su habitación conteniendo el aliento, sin ni siquiera una maleta. Empaquetar unos pocos efectos personales podría haberse interpretado como sospechoso, aunque tal vez Lori y Jennifer hubieran aprobado su intención y le hubieran recogido las cosas. De todos modos Cally no estaba preocupada por eso. Nunca le habían importado las posesiones. Viviendo en la calle, ¿cómo iban a importarle? Y si volvía allí no necesitaba nada. Cally Cross no necesitaba a nadie.

Sin embargo, en el vestíbulo se sorprendió. Se le hizo un pequeño nudo en la garganta y sintió picor en los ojos. ¿Por qué no se podía ir? ¿Por qué la tentación de esperar?

—Me temo que la oficina ya está cerrada por hoy. —Ella se sobresaltó al ver aparecer a Jake en la oscuridad como salido de la nada.

—¿Te puedo ayudar yo?

—Jake —dijo ella, nerviosa—, ¿qué haces aquí?

—Iba a hacerte la misma pregunta.

—Bueno, yo —Cally volvió la cabeza deseando que la oscuridad la escondiera—. Yo... bueno, no podía dormir. Pensé que un paseo podría... Estoy dando un paseo.

—¿Uno muy largo? —preguntó Jake—. ¿Hasta llegar de vuelta a la ciudad? El problema es, Cal, que no importa lo lejos que andes porque nunca encontrarás la manera de volver. No hay vuelta atrás.

—¿De qué hablas? —Dijo con una risa falsa—. Sólo iba a salir al patio durante unos minutos.

—Si traspasas esas puertas ahora —predijo Jake— te irás para siempre, ambos lo sabemos. Imagino que estás intentando irte después de que Ben te levantase el ánimo con su charleta. Quiero disuadirte de que cometas un terrible error.

En la oscuridad estaba a solas con Jake. Protestar no tenía ningún sentido. No tenía fuerzas para ello.

—Muy bien —admitió Cally—. Me voy. Para siempre, sí. No pertenezco a este lugar. Nadie me quiere. Nadie me echará de menos. Fui una idiota por escuchar a Grant.

—No, no lo fuiste —Jake habló con tal gravedad y convicción que Cally pensó que debía de estar refiriéndose a otra persona—. Perteneces a este lugar, Cally, tanto como cualquiera de nosotros. Hiciste bien en escuchar a Grant. Sólo te equivocaste al escuchar a Stanton.

—Pero lo que Ben dijo, Jake. El programa Stromfeld. Fue *mi* fallo.

—En parte tal vez, pero no eras el único miembro del Equipo Bond. Éramos seis. Todos deberíamos compartir la responsabilidad, incluso nuestro gran jefe.

—¿Eso piensas? —Cally ahora miraba a Jake con ansiedad, para que la tranquilizara, o tal vez para algo más.

—Lo sé. —Se rió malicioso—. Y casi valió la pena fallar esta vez sólo por ver la cara de Stanton, ¿no crees? Parecía como si se hubiera tragado una avispa.

—Un enjambre de avispas. —Cally también se rió. Se sintió bien.

—No abandones por su culpa. —Jake nuevamente se puso serio—. Tampoco te quedes por él, Cally, para demostrarle por despecho que tenías razón. Cualquier cosa que hagas, hazlo porque es lo que deseas. Confía en ti misma. Cree en ti misma.

—Pero Jake —Cally movió la cabeza—, la gente que hay aquí no es como yo. ¿Has visto cuántos estudiantes negros hay? Los puedo contar con los dedos de una mano. Y Ben y Lori son ricos, es evidente que han recibido una buena educación. No puedo competir con ellos.

—Tonterías —exclamó Jake—. Basura derrotista, Cal, y lo sabes. Lo que éramos antes de llegar aquí no importa nada. La gran casa de Stanton, su colegio pijo o sus montones de dinero no impresionan a Grant, a Keene o a Stromfeld. Aquí nadie recibe tratos preferenciales. Tu experiencia viviendo de tu ingenio y sobreviviendo en la calle ahora es más útil y más relevante para tu formación aquí que el dinero en el banco y una dirección en un buen barrio.

—Es posible que tengas razón, Jake. —Lo creía. Quería creerlo.

—Además, aquí no todo el mundo es como Ben o Lori. He oído que incluso aceptan a algún que otro chico de los domos, y no se puede venir de más abajo. —Jake rió irónicamente.

—Jake —Cally lo rebatió con severidad burlona—, ¿y ahora quién está soltando basura derrotista?

—Bueno, entonces tal vez lo mejor sea que los dos nos mantengamos unidos —sugirió Jake—. Los forasteros, la División de Marginados Sociales del Equipo Bond. Tal vez tengamos que asegurarnos de que nos apoyaremos el uno al otro, en lo bueno y en lo malo. No podemos dejar que Stanton se salga con la suya.

—No —dijo Cally—. Buena idea, Jake.

Jake asintió con la cabeza.

—¿Todavía te apetece el paseo?

Cally sonrió.

—Creo que no. Me parece que seré capaz de dormir sin darlo.

—Entonces déjame acompañarte hasta tu habitación.

—Gracias Jake —dijo Cally—, por estar aquí.

—Siempre estaré aquí —dijo Jake.

ARCHIVO CRI ACCESO PRIORITARIO CHAL 008

El agente Challis no ha podido informar desde su destino en la División de Nueva Inglaterra de Genetech Incorporated. Al agente Challis se le ordenó que contactara con la base tres veces a intervalos de media hora siguiendo el procedimiento, pero no lo ha hecho. Conclusión: el agente Challis está impedido por alguna razón. Información obtenida a través de CRI: posible ataque tecnoterrorista en la División de Nueva Inglaterra de Genetech Incorporated.

ARCHIVO CRI DWG 8199 (ref. DWB 7604/DWF 7900)

... no es la primera instalación de Genetech que es atacada, y probablemente no sea la última. Los primeros informes sugieren que no hay que lamentar muchas víctimas, aunque varios miembros del personal de seguridad parecen haberse esfumado durante el incidente...

ARCHIVO CRI ACCESO PRIORITARIO CHAL 009

Todavía no ha sido posible contactar con el agente Challis. No se encuentra el cuerpo del agente Challis, ni hay ningún rastro de él. Conclusión: el agente Challis ha sido secuestrado por enemigos desconocidos. Preparar la carta tipo para enviar a los padres del agente Challis. RE: accidente ocurrido durante una misión en el exterior.

5: El presente

L a noche en que el Equipo Bond tuvo su segundo fracaso con el programa Stromfeld, el tutor, Elmore Grant, recibió una llamada de Jonathan Deveraux. La estaba esperando. En parte ésa era la razón por la que estaba sentado en su escritorio contemplando las fotografías del primer día de los estudiantes, y rememorando el pasado. No había tenido necesidad de informar sobre el desastre del Equipo Bond. El fundador ya lo sabía todo.

—Grant, tenemos que hablar.

—Sí, señor. Subiré enseguida. ¿Es por el Equipo Bond?

—En parte, Grant, en parte. También por el agente Challis.

Grant hizo un gesto de disgusto. Como si sus estudiantes actuales no fueran suficiente preocupación, ahora tenía también la desaparición de Will Challis. Y si alguien desaparece en el mundo del espionaje, tiene pocas probabilidades de volver.

—Todavía no ha dado señales de vida —dijo la voz de Deveraux—. Me temo que debemos esperar lo peor. Pero tenemos que hablar, Grant. Tengo una idea. Quiero explicársela. Y es posible que sea la última oportunidad del Equipo Bond.

Iba a haber problemas. Lori lo presentía. Desde la debacle de Stromfeld, Ben estaba tenso, angustiado y parecía furioso en su interior. Las críticas de Grant al equipo en general y a él en particular le habían agriado aún más el humor. Cualquier cosa que no fuera tener éxito absoluto en todo lo que hacía, era para Ben como sufrir una infección, una enfermedad que lo consumía. Ella lo conocía lo suficiente como para saberlo. Tal vez ahí radicaba en parte la atracción, en ser la novia de un chico que siempre se obligaba a vencer, y nunca se conformaba con ser el segundo. Ella también quería realizarse en todos los sentidos. Por un lado era una de las virtudes de Ben, por el otro era una peligrosa debilidad. Y esa noche iba a haber problemas.

La atmósfera de la sala de recreo ya era más estridente de lo habitual, más ruidosa y agitada. Como si la Navidad y el Año Nuevo hubiesen llegado a la vez y tuviesen que celebrarse en tan sólo una hora. Por supuesto, Lori comprendía por qué los estudiantes de los otros equipos de primer año parecían tan histéricos. Todos habían superado el programa Stromfeld. Para ellos el resto del semestre era una pura formalidad. El Equipo Bond era el único que no lo había logrado y Ben, echando humo junto a ella, con una bebida sin probar en la mano (Lori sospechaba que si hubiera sido arsénico se lo hubiera bebido de un trago) parecía interpretar todas las celebraciones de los demás como una afrenta personal, ideada para culminar su humillación. Y menos mal que los demás, especialmente Jake, no andaban por allí.

Desgraciadamente, Simon Macey sí estaba. Lori podía ver al líder del equipo Solo junto al bar con varios de sus compañeros. La estaba mirando con una sonrisa de suficiencia y autosatisfacción. Lori podía imaginar el globo de pensamientos que se dibujaba sobre su cabeza. «¿Voy a

Stanton y le restriego por la cara su fracaso? ¿Voy?» Ella sabía que tarde o temprano se decidiría a ir, y entonces Ben explotaría.

—Esto está un poco ruidoso esta noche, ¿no crees? —insinuó a Ben.

—Pues si te molesta, vete a buscar un rincón tranquilo.

Claramente la cosa iba a ser difícil. Lori le puso la mano en el hombro con dulzura.

—¿Por qué no buscamos un rincón tranquilo donde haya espacio para los dos? —Sonar seductora en medio de un montón de estudiantes estrepitosos no era fácil—. Necesitas relajarte, Ben. Tengo un par de ideas.

Ben le sacudió las manos de los hombros como si fuera caspa.

—No estoy de humor. Aquí estoy muy relajado.

—Pero no crees…

—No, no creo. Y tampoco me lo digas. —La cara de Ben se retorcía de rabia. Simon Macey lo vio y estaba encantado—. Tengo tanto derecho a sentarme aquí como cualquiera. Todavía no nos han echado de Spy High.

Y entonces todo pareció ocurrir a la vez, como en una película que se pasa a cámara rápida para llegar a la parte más emocionante. Cally entró con un ansioso Eddie a remolque. Simon Macey entró en acción. Y los tres llegaron donde se encontraba el irritado Ben al mismo tiempo.

—Mira, son Cally y Eddie —dijo Lori haciéndoles señas, deseando que llegaran ellos antes.

—Tremendo —murmuró Ben—. La señora Bomboncito y el señor Charlatán.

—Buenas tardes, Stanton —saludó Simon aprovechando su oportunidad.

Ben lo miró enfadado.

—¿Qué quieres?

—Estoy preocupado por ti, eso es todo. Quiero decir que todos somos estudiantes de Spy High, ¿o no? Por lo menos por ahora. Sólo me preocupo por ti.

—Deberías preocuparte más por ti si no tienes cuidado —amenazó Ben.

—Simon, tal vez sería mejor si… —pero nadie escuchaba a Lori. Se volvió hacia los recién llegados Cally y Eddie para buscar refuerzos.

—Ah, igualito a ti mismo, Stanton, ¿o no? —Simon Macey movió la cabeza con un gesto burlón—. Siempre a la defensiva. Siempre centrado en tu gran *Yo*. Nunca has sido un jugador de equipo.

—Oye, Macey —Eddie vio que aquello amenazaba ruina—. Habla con alguien a quien le interese.

Simon Macey ignoró a Eddie, y acercó provocativamente su cara de desprecio a la de Ben.

—Tal vez por eso perdiste hoy contra Stromfeld, Stanton. El resto pasamos, ¿lo sabes? Pasamos. Tú fracasaste. ¿Cómo te sientes?

—Última advertencia, Macey —dijo firme Ben.

—Porque déjame decirte que a mí me hace sentir… *bien*.

—No dejes que te caliente, Ben.

—Macey, ¿naciste idiota o tuviste que estudiar para serlo? Una última acometida.

—Sólo quería que supieras, Stanton, que después de que hayas fracasado con Stromfeld por tercera vez, y después de que te inviten a irte, y después de que te borren el recuerdo de todas las cosas que hiciste en Spy High y de todas las personas que conociste, quiero que sepas que yo todavía estaré aquí, y de vez en cuando me acordaré de ti. Y lo haré riéndome.

—¿Sí? —Ben sonrió hacia la mesa—. Entonces será con los dientes rotos.

En un movimiento relámpago lanzó su bebida contra la cara de Simon Macey y saltó sobre él. Ambos chocaron pesadamente con una mesa cercana, y desparramaron vasos y estudiantes.

Ben aporreó la cara de Macey, machacándole la nariz. Comenzó a brotar sangre, del color de la rabia y la frustración de Ben. Quería ver más sangre. La hubiera habido pero Eddie le agarró el puño e intentó separarlos mientras Macey se retorcía como un pescado vivo sobre una mesa. Entonces Lori usó su fuerza para interponerse entre los dos combatientes. Le gritaba a Ben que parara, pero sus palabras no parecían tener sentido para él.

—¡Me podías haber roto la nariz! —Protestó Macey. Sus compañeros le ayudaron a ponerse de pie—. Puedo informar sobre esto, Stanton. Podrías ser expulsado mañana mismo. Ataque injustificado a un compañero.

—Absolutamente justificado —corrigió Lori.

—Si cae Ben, tú caerás con él, Macey —prometió Eddie.

Ben no se quiso exponer a comentar nada. No con tanta gente riendo y burlándose a su alrededor. Recordó aquel tanto del triunfo. Recordaba cuando lo llevaban a hombros, como a un héroe. Tenía que aferrarse a aquellos recuerdos.

—Bueno. —Simon Macey se enjugaba la nariz—. No informaré sobre lo ocurrido. En vista de cómo os están yendo las cosas, muy pronto os veremos partir. Ya estoy contando los días. —Hizo un gesto a sus compañeros—. Vamos.

—Muy bien. —Eddie hizo un gesto para que se marcharan los mirones—. Aquí no hay nada que ver. Sentíos libres para continuar con vuestra vida normal.

Lori acarició el pelo de Ben.

—¿Estás bien? Ben, Simon Macey no vale la pena…

—No me toques. —Ben la empujó.

—Ben —le advirtió Cally—, Lori sólo intenta ayudarte.

—No necesito ayuda —profirió Ben—. No necesito nada. Dejadme solo.

Salió furioso. Lori intentó seguirlo.

—Tal vez sería mejor que le dejes que se calme un rato —le sugirió Cally.

Lori sonrió apenas.

—No puedo. Me necesita.

—Lo que tú digas.

Lori corrió detrás de Ben, pero él ya no logró verlo. Movió la cabeza. Una reyerta en la sala de recreo, conflictos y enfrentamientos. Sólo esperaba que Jonathan Deveraux no lo hubiese visto todo de alguna manera y lo guardara para usarlo contra ellos.

Afortunadamente Lori no estaba al tanto de una conversación mantenida en ese mismo momento varios pisos por encima de donde se encontraba, en un grupo de habitaciones en las que nunca había estado, donde muy poca gente tenía autorizado entrar.

El tutor Elmore Grant era uno de los elegidos, aunque justo en ese momento deseaba que lo hubieran pasado por alto.

—¿Está seguro de que es una buena idea, señor?

—¿Está cuestionando mi juicio, Grant? —La voz de Deveraux sonaba levemente divertida.

—No, señor, por supuesto que no. —Grant se pasó las manos por el pelo—. Pero una jugada así nadie sabe los posibles peligros que entrañaría, con el Equipo Bond todavía tan volátil e impredecible…

—Los posibles peligros son algo con lo que nuestros estudiantes han de vivir cada día durante su formación. Grant, usted lo sabe bien —dijo Deveraux—. Pues con el tiempo lo posible se convierte en realidad. Como han descubierto el agente Challis y muchísimos otros. ¿No tiene fe en sus seleccionados? ¿No tiene fe en el Equipo Bond?

—Sí, señor, sí la tengo, pero en esta fase...

—Entonces veremos. Organícelo, Grant. El momento de la verdad para el Equipo Bond ya ha llegado, y éste puede ser su gran triunfo —Grant inclinó la cabeza indicando acuerdo con su superior— o su gran derrota.

Si el hologimnasio hubiese sido humano, probablemente hubiera intentado disuadir a Ben de activarlo en el estado de ánimo en que estaba. «Los programas holográficos no son para ser tomados a la ligera», le hubiera dicho casi con seguridad, «los participantes tienen que estar en pleno uso de sus facultades. Mejor será intentarlo mañana cuando estés más calmado». Pero ni aunque el hologimnasio hubiese sido un ser vivo de carne y hueso, y no una intrincada red de sensores y circuitos, Ben lo hubiera escuchado.

Entró en el gimnasio vacío a grandes pasos que hacían eco en la pista como si estuviera avanzando ante el enemigo. Se puso agresivamente el traje de choque, y el holocasco, que se ajustó muy bien a la cabeza.

—Que comience el programa ninja —dijo Ben dando instrucciones a través del comunicador del casco.

—Patrón de voz reconocido —respondió el sistema—. ¿Qué nivel de dificultad desea para hoy, alumno Stanton?

—Avanzado. —No tenía planeado jugar.

—¿Qué zona de la batalla desea para hoy, alumno Stanton?

—La tres. —La más complicada, la que dejaba menos espacio de maniobra y ningún lugar para esconderse. A través de los ojos electrónicos de su casco, Ben vio el círculo dibujado, dentro del que podía luchar.

—¿Qué nivel de corriente desea hoy, alumno Stanton?

—Tres, nuevamente. —La máxima.

Ben estaba decidido, de manera casi masoquista, a probarse a sí mismo. Los trajes de choque funcionaban de dos maneras: durante las operaciones podían ser empleados como un arma inesperada para electrocutar a los asaltantes, pero en el hologimnasio se podían volver contra el portador para aumentar la veracidad de cualquier programa de combate. Ahora cada vez que un puño o pie holográfico golpeara a Ben, lo sentiría. El traje se aseguraría de ello.

Pero Ben no pretendía ser golpeado.

—Comienzo —ordenó—. Un ninja.

La figura estaba tras él, silenciosa, sigilosa, vestida de negro. Pero el holocasco de Ben llevaba incorporado un aparato de visión radar. Esa noche ningún ninja lo atacaría por la espalda. Ben giró sobre su eje y golpeó al ninja con la pierna izquierda. El holograma lanzó destellos rojos al ser golpeado. Contacto crítico perfecto. El ninja cayó. Ben imaginó que era Simon Macey.

—Un ninja —ordenó y apareció una segunda figura amenazante. Esta vez delante de él, a la derecha. Su postura le recordó a Jake Daly. Excelente. Terapia bienvenida.

Ben reflexionó que después de entregar el informe de Stromfeld a Grant, debió haberse ido derecho al hologimnasio. Debió haberse desahogado de sus frustraciones en primer lugar, tal como estaba haciendo ahora. Debió haber negado a Simon Macey su sórdido triunfo de hacerle perder los nervios en público, y hubiera impedido que mostrara ante todo el mundo que podía burlarse del Equipo Bond y de él, como líder fracasado. Debería haber dado ejemplo.

«Un tipo de ejemplo como éste», pensó Ben, lanzando

una deslumbrante combinación de golpes que hicieron que el segundo ninja se desintegrara en color escarlata. Demasiado fácil. El tipo de desafío seguro y de poca intensidad que los segundones como Eddie, o Jake, o Simon Macey o las chicas hubiesen preferido (o cualquiera, aparte de Benjamín T. Stanton Jr., y tal vez Will Challis). Él había nacido para algo mejor.

—Dos ninjas.

Uno a cada lado, moviéndose en círculos.

Macey le había molestado más de lo que estaba dispuesto a aceptar con su referencia a la Ley de la Amnesia. Todos los estudiantes sabían que era obligatoria si suspendían. La naturaleza clandestina de Spy High era primordial y a nadie se le permitiría comprometerla, de modo que si algún alumno era expulsado o no se graduaba por cualquier razón, todos sus recuerdos de la academia, así como su finalidad, eran borrados por completo, y a cambio se le implantaban falsos recuerdos. Para Ben, que siempre había creído que su nombre estaba destinado a ocupar un gran lugar en las páginas de la historia, pensar que él mismo podría ser borrado, suprimido, negándole sus ambiciones como si nunca hubieran existido, era la peor de sus pesadillas.

Ben se balanceó, paró el primer golpe del ninja, y cayó con fuerza sobre su cuello. Vio una herida roja resplandeciente, giró y dio una patada al segundo, seguida de un lanzamiento profesionalmente ejecutado. Ambas figuras se disolvieron al ser derrotadas. Y Ben ni siquiera había perdido el aliento. Sentía cómo recuperaba la confianza, fortaleciéndole e infundiéndole valor.

—Tres ninjas —desafió Ben.

E inmediatamente comenzó a lamentarlo. No sólo había más enemigos contra los que luchar, sino que además parecían haber aprendido de la suerte de sus predecesores. Los nuevos ninjas se contentaban con hacer círculos, manteniéndose fuera del alcance de sus golpes. Se movían juntos, siguiendo coordinadamente una pauta, a la espera de que Ben cometiera un error. Era como si mantuviesen una comunicación silenciosa entre ellos.

Ben frunció el ceño. ¿Se suponía que los hologramas podían funcionar juntos? Y si lo hacían ¿era justo?

Entonces recordó algo. Técnicamente tres ninjas o más sólo podían ser combatidos por parejas o equipos de estudiantes. Los chicos buenos luchaban juntos para derrotar a los chicos malos. Ésa era la idea.

Bien, ahora sólo había un chico bueno dispuesto a aplastar a los villanos por sí solo.

Ben repentinamente asestó un golpe. Rojo. Mientras su primer oponente se tambaleaba, Ben lo agarró por las mangas y lo arrojó al suelo. Sin embargo, el ninja se recuperó y siguió peleando. Sintió una descarga eléctrica de nivel tres al recibir el golpe de otro oponente que lo atacaba por detrás.

Ben dio un grito de vergüenza más que de dolor. Tenía suficiente fuerza para empujar al primer ninja sobre el segundo y bastante agilidad como para resistir al embate del tercero, y reestablecer el equilibrio en el conflicto. Pero estaba herido y lo rodeaban haciendo círculos. Y sus enemigos no caerían.

Cally llevaba media hora sentada en la sala de recreo desde la pelea, pero Jake no aparecía aún. Debió haber imaginado que Jake se esfumaría esa noche para evitar a Ben, que seguramente iba a estar amargado y agresivo. Bueno, había hecho bien. Así que ahora tenía que elegir: o sentarse y aguantar la aparentemente interminable sarta de tonterías de Eddie, o dejarlo para ir en busca de Jake. En realidad no había elección.

Realmente necesitaba ver a Jake, necesitaba verlo en aquel momento. Desde que Jake la había detenido cuando iba a dejar la escuela, se había esforzado al máximo por encajar, y la mayor parte de las veces lo había conseguido. Sus puntuaciones eran mejores, y sus habilidades informáticas en especial eran cada vez más respetadas, incluso por Ben en una o dos ocasiones, aunque fuese de mala gana. Comenzaba a sentirse menos marginada y fracasada.

Y entonces tuvo que aparecer Stromfeld y arruinarle su sensación de progreso. Su autoestima había sido arrasada con la bomba. Vuelta a empezar. Vuelta a Jake.

Era evidente que Eddie estaba decepcionado, aunque intentaba disfrazar sus sentimientos diciendo:

—Excelente, me da la oportunidad de tontear un poco con las otras. Sin embargo, era tan poco convincente como unas gafas oscuras y un bigote falso. Le dio unas palmaditas de ánimo en el brazo antes de irse. Eddie no tenía la culpa de no ser Jake. A su manera era simpático. Cally ya había olvidado, incluso, el ridículo incidente de la carrera de aerobicis.

Ahora necesitaba el apoyo de Jake, su fuerza y sus palabras de consuelo. Y por primera vez se dio cuenta de que también necesitaba algo más.

La electricidad le apuñaló el estómago, retorciéndolo como si fuera un cuchillo, y la columna le crujió como si la atravesara un rayo. Ben chilló. Si hubiera tenido los ojos bien abiertos y no cerrados por el dolor, podría haber presenciado cómo su traje de choque se ennegrecía y quemaba, mientras los ninjas lo hacían picadillo, brutal e implacablemente.

Ahora se tambaleaba y había perdido toda oportunidad para defenderse. Era un blanco fácil. Era carne de cañón. Pero los hologramas no sienten piedad ni compasión, y los gritos no los detienen.

No obstante, él podía pararlos. Podía acabar con la tortura pronunciando tres palabritas en el comunicador: fin del programa. Acabar con el programa acabaría con su dolor aunque también sería una señal de derrota. Aunque nadie lo supiera jamás, Ben sí lo sabría. Sabía que habría fallado y por eso resistía mientras su cuerpo era acribillado descarga tras descarga.

Entonces cayó. Sintió cómo estaba a punto de perder el conocimiento. Los ninjas seguían atacando incluso entonces, mientras él se retorcía en el suelo, echando chispas como un fusible roto. Tenía que pararlo al instante, pasara lo que pasara. Cuando Ben iba a pronunciar las tres palabras... Los ninjas se desvanecieron.

—Programa terminado. Gracias por participar, estudiante Stanton.

Ben cayó de rodillas, respirando profundamente, con su cuerpo deshecho de dolor, pero con la mente viva. ¿Qué había pasado? No había llegado a decir nada. No se había rendido. ¿Pero quién había...?

Sintió cómo sus brazos lo rodeaban, ayudándolo a sacarse el casco. Sus labios le acariciaron la frente y las mejillas. Lori lo había salvado.

—Ben, Ben, ¿qué se supone que hacías?

—Lori, yo... —pero no lo podía explicar.

—¿Intentabas matarte? Vi los comandos. Nadie puede con tres ninjas en ese espacio.

—Yo lo hice.

—Y sobrevivir, quiero decir. Ben, mírate. —Su preocupación era auténtica—. ¿Y sabes qué es lo más extraño?

Cuando te vi luchando, sólo te podía ver a ti, no a los holo- gramas. Tú eras el único que podía verlos. Para mí, no pe- leabas con nadie, sólo luchabas con el aire, sólo contigo mismo. Sé que te sientes mal, Ben, pero tienes que permitir que alguien te eche una mano, alguien real. Déjame que te ayude.

—¿Ayudarme?

—Vas a estar bien. Todo irá bien.

Ben lo deseó. Se agarró a Lori y la abrazó con fuerza, de- seándolo. Pero tenía sus dudas.

A Jake le gustaba estar solo mientras contemplaba las estre- llas. Otra gente no hubiera entendido lo que la experiencia significaba para él —y no se dedicaba a imaginar tonterías románticas ni a compararlas con centelleantes en el cie- lo—. No era así para un agricultor de los domos, nacido y criado en un entorno perfectamente controlado, con hori- zontes sostenidos por arcos metálicos y donde el techo del mundo que se alzaba sobre sus cabezas era un panel de vi- drio, científicamente medido y modelado. Lo que impre- sionaba a Jake, lo que lo sorprendía, era la vastedad, la ili- mitada enormidad del cielo en la noche desnuda. Jake sabía que se habían producido casos de individuos que ha- bían abandonado los domos, incluso por muy poco tiempo, y que no habían sido capaces de afrontar la vida exterior, por lo que tuvieron que ser llevados de vuelta antes de que se volvieran locos. La medicina actual piensa que todos los habitantes de los domos del país son agorafóbicos en po- tencia. Jake intentaba ser la excepción. Los espacios abier- tos para él no eran fuente de temor sino de esperanza; no suponían una amenaza, sino una promesa. Los domos ha- bían sido una prisión y ahora era libre.

Esa noche, sin embargo, no había salido al exterior sólo para disfrutar de la vacuidad de la noche y de la brisa fría que, como todas las variaciones de temperatura y tiempo, todavía era algo nuevo y atractivo para él. Esa noche Jake necesitaba estar solo para ordenar sus pensamientos y decidir qué hacer, especialmente respecto a Ben.

Benjamín T. Stanton Jr. Incluso su nombre representaba todo lo que Jake odiaba y despreciaba del mundo. Cada sílaba apestaba a poder y posición. El ridículo *Jr.*, como si el nombre fuera en sí mismo un valioso legado que asegurara la perpetración de los privilegios. Los que tienen y los que no, las injusticias y desigualdades de la sociedad. Benjamín T. Stanton Jr. simbolizaba el sistema que mantenía el abismo entre los ricos y los pobres, garantizándoles todo a quienes nacieron con riquezas y condenando a aquellos desafortunados que nacieron pobres, o necesitados, o bajo el acero asfixiante de los domos, a llevar una vida sin ambición y despojada de sueños. No era de extrañar que a Jake le costara llevarse bien con Ben.

En parte (aunque él deseaba que fuera completamente), era por culpa de Ben. Sus comentarios despectivos. Su apenas disimulado desprecio por los orígenes de Jake y, por extensión, por el propio Jake. Su enorme arrogancia. Su egotismo. La manera cómo trataba a la gente, incluso a sus compañeros, como si no se estuviesen entrenando para ser espías sino sirvientes, cuyo amo iba a ser Benjamín T. Stanton Jr. Jake sabía que no era el único al que le disgustaba Ben. También estaba Cally, al menos. No podía entender cómo Lori podía desearlo como novio y permitir que le pusiera encima sus cuidadas manos, recién salidas de hacerse la manicura. De todos modos, a Jake no se le daban bien las chicas, él lo sabía.

Volviendo a Ben, para no cambiar de tema, el problema era su animadversión hacia él (y viceversa, para ser justos), lo cual ahora estaba deteriorando seriamente la efectividad del equipo. No sólo había que culpar a Ben. A Jake le fastidiaba reconocerlo, pero él mismo también había contribuido a ello.

Como hoy, por ejemplo. Stromfeld. La bomba. La discrepancia entre cables rojos y cables azules. Jake quería convencerse a sí mismo de que había contradicho a Ben única y exclusivamente porque pensaba que con toda seguridad Ben estaba equivocado y él no. No era por fastidiar al jefe del equipo en un momento de tensión. O peor, no sólo porque adoptar la posición contraria a la de Ben se estaba convirtiendo en cuestión de principios para él. Sin embargo, no podía ser tan deshonesto. Había hecho que Ben tardara en desactivar la bomba hasta que fue demasiado tarde sólo para descontar puntos a su rival. Ben había tenido la razón todo el tiempo.

Así pues, ¿cómo debía de sentirse Jake ahora? ¿No había demostrado que tenía los mismos prejuicios hacia Ben que los que él le había manifestado tantas veces? ¿En qué se diferenciaban? ¿Cómo podía Jake seguir apelando a la superioridad moral?

Miraba pensativo hacia las estrellas pero no parecía muy probable que le dieran alguna respuesta. Se preguntaba si la encontraría en algún sitio. Entonces oyó aproximarse a alguien.

—¿Quién es? —oyó que ella se acercaba antes de poder verla.

—No pasa nada. Soy yo —dijo Cally sonriendo, quizá demasiado entusiasmada—. Te he estado buscando por todas partes.

—¿Sí? —realmente no apreció la intromisión—. Bueno, no he estado en todas partes.

—No, pude comprobarlo. ¿No hace un poco de frío aquí fuera?

—No para mí. —Jake luchaba por serenar el tono irritado de su voz—. ¿Querías algo?

—Sólo hablar. —Se detuvo indecisa al percibir su frialdad—. Me equivoqué de nuevo, ¿verdad? Con el programa Stromfeld. Fue un error mío...

—Cally, no vuelvas otra vez con lo mismo. —Él veía que no podía evitarlo. No quería estallar, no con Cally, pero tenía sus propios problemas en relación a Stromfeld que debía solucionar. Él no era su psiquiatra—. ¿Qué te dije la última vez?

—No recuerdo palabra por palabra —dijo Cally, como un niño al borde del llanto—, pero dijiste algo sobre nosotros dos manteniéndonos unidos y que tú siempre estarías a mi lado.

Había estado muy distante con ella.

—Perdona. Lo siento. —Jake se acercó a ella repentinamente—. No quería decir que...

—No, está bien. —Cally lo evitó a la defensiva—. No te preocupes, Jake. Me equivoqué. Nuevamente me equivoqué. Me lo creí. ¿Lo hiciste sólo por hacerme feliz? Tonta de mí por pensar que realmente podrías...

—¿Realmente podría qué? Cally, espera. Si quieres hablar...

—No, no, me voy. Obviamente quieres estar solo. Fue estúpido que viniera a buscarte, pero no te preocupes. No volveré a cometer el mismo error.

—Pero no lo has hecho... Es que estaba distraído con lo de hoy y... Cally, no te vayas.

—Tengo que irme. —Cally le dedicó una breve y amarga sonrisa de despedida—. Sabes algo Jake, tienes mucho más en común con Ben de lo que piensas.

Jake hizo un gesto de disgusto.

Mucho después de que Cally hubiera partido, meditó sobre lo que le había dicho. Todavía lo estaba considerando cuando al final volvió a su cuarto. Extrañamente Eddie y Ben estaban sentados esperándolo.

—¿Qué es esto? ¿Vosotros dos ahora haciendo de padres?

—Hemos tenido malas noticias —dijo Eddie—. Rumores. Si le has prestado dinero a Will Challis, no esperes que te lo devuelva.

—¿A qué te refieres?

—Parece que la última misión de Will no fue un éxito —dijo Ben—. Ha desaparecido. —Era difícil explicar lo que sentía Ben en aquel instante. ¿La mueca de sus labios era de conmiseración o de desprecio?—. Y otra cosa, Grant nos quiere ver, a todos, mañana por la mañana en su despacho.

—¿Para qué?

—No lo sabemos —dijo Eddie.

—Pero parece importante. —La voz de Ben era grave—. Sea lo que sea pienso que podría ser decisivo para el futuro de todos nosotros.

Segunda parte

1

—¿**C**amping? —Eddie se preocupó porque pensó que no oía bien—. ¿Camping? ¿En tiendas y sacos? ¿No es algo que desapareció junto con la capa de ozono?

—Pensamos —dijo Grant— que en estos momentos vuestro problema principal es de confianza, de trabajo de equipo, y este corto viaje de acampada ayudará a resolverlo.

—Por supuesto —Ben lanzó una mirada amenazante hacia Eddie—. Lo que usted diga, tutor Grant. Sabemos que lo hace de corazón, pensando en lo mejor para nosotros.

Sin embargo, a juzgar por las expresiones colectivas de consternación, el Equipo Bond no parecía muy entusiasmado. Jennifer en particular parecía horrorizada. Y Grant intentaba ocultar sus reservas. Las órdenes, después de todo, eran órdenes.

—Así que éste es el plan —subrayó—. Seréis conducidos a una de las regiones más inaccesibles de la Reserva Wildscape, y os facilitaremos un equipo, víveres, mapas, aparatos de señalización, todo lo que podáis necesitar…

—Ducha, holovisión, bailarinas… —murmuró Eddie, muy bajito.

—Todo lo que podáis necesitar para estar tres días, y luego tendréis que buscaros la vida. Cuando finalicen los tres días nos haréis señales, os recogeremos y volveréis a vuestros estudios normales en Deveraux. —Grant les dirigió una mirada sincera—. Y esperemos que volváis con una mejor comprensión de vosotros mismos y de los demás. No os tengo que recalcar lo vital que puede ser esta excursión para vuestro éxito o fracaso en las semanas finales del semestre. Usad el tiempo con inteligencia.

—Sí, señor —dijo Ben dando un codazo a Lori para tener eco.

—Pero, señor —Jennifer no pudo contener su indignación ni un minuto más—. Yo no he venido para esto. No puedo ir a corretear por los bosques, sería una pérdida de tiempo. Necesito estar aquí y practicar judo y karate. No me puedo permitir perder las clases del señor Korita. Le solicito que me exima.

—No hay excepciones —respondió Grant con firmeza—. Esa opción no existe, Jennifer. Es una orden. Y este arrebato, que antepone tus intereses individuales a los intereses del equipo, es la razón por la que todavía habéis de superar el programa Stromfeld.

Jennifer frunció el ceño, mirando el suelo abochornada.

—¿Tiene ahora alguien algo que decir?

—¿Cuándo partimos, señor? —preguntó Ben, ganando puntos por entusiasmo.

—En cuanto lleguen los helicópteros. Volveremos a hablar a vuestro regreso.

«Si regresáis…», susurró una voz pequeña pero persistente en la mente de Grant. No les había contado toda la verdad porque no le estaba permitido, pero el plan de Deveraux era un poco más complejo que pasar unos pocos días estableciendo vínculos alrededor de una hoguera.

Grant pensó en Will Challis, aparentemente desaparecido de la faz de la tierra. Y no era el único. Algunos empleados de Genetech también habían desaparecido. Después pensó en la búsqueda que Deveraux había encargado al CRI sobre cualquier caso de desaparición similar reciente. Pensó en los resultados, en la localización.

El Equipo Bond iba a llevarse una gran sorpresa.

—¡Entonces esto es el Gran Exterior! —exclamó Eddie abriendo los brazos, como si fuera a abrazar el paisaje de montañas cubiertas de pinos que se extendía ante él—. ¿Dónde está la hamburguesería más próxima?

—Es precioso —dijo Lori simplemente.

Deslizó su mano en la de Ben y la apretó. Eddie podía ser cínico cuando quería (y normalmente lo era), pero Lori, desde su posición estratégica, en la meseta poco boscosa donde los habían dejado los helicópteros, estaba impresionada por la maravilla primitiva e indómita que era el Wildscape.

—Te lo parecerá a ti, Lori —dijo Cally estremeciéndose. Pensó en las calles abarrotadas de gente donde había crecido, perpetuamente iluminadas, siempre ajetreadas y ruidosas; el conocido y familiar cemento de la ciudad bajo sus pies. Para ella, esta expansión de silencio verde, y la oscuridad que pronto llegaría, tan absoluta como la muerte, era otro mundo, misterioso y de algún modo amenazante—. Prefiero que me den calles y rascacielos.

—Bueno, dudo que Jake esté de acuerdo contigo. ¿Lo estás, Daly? —dijo Ben—. Esto para ti debe de ser como estar en casa, ¿no? —Señaló hacia arriba—. Sin el cielo de cristal, por supuesto.

—No se parece en nada a los domos —dijo Jake. Respiró el aire puro profundamente—. De todos modos, no esperaba que un chico de ciudad como tú lo supiera, Stanton. Los domos cubren tierras planas de cultivo. Tierra que fue conquistada por el hombre. Este lugar es diferente. Todavía mantiene su dignidad, todavía conserva su alma. Es libre.

—Sí, bueno, no me puedo imaginar a nadie pagando por venir hasta aquí —señaló Eddie—. Tú y Lori podéis jugar a Regreso a la Naturaleza, pero yo ya he iniciado la cuenta atrás. Setenta y una horas y treinta minutos para que vengan a recogernos.

—No seas tan negativo, Eddie —le regañó Lori.

—¿Entonces, qué vamos a hacer? ¿Quedarnos aquí tres días y admirar las vistas? —Jennifer seguía malhumorada, apartada de los demás, como si quisiera ilustrar físicamente su resentimiento por tener que estar allí.

—No, Jen tiene razón —concedió Ben—. Ya que estamos, podemos hacer ejercicios, buscar un lugar para acampar cerca de un arroyo o algo así. Vamos.

—¿Adentrarnos en el bosque? —Eddie palideció—. Pero si ahí tiene que haber osos. O lobos esperando a su próxima comida.

—No te preocupes, Eddie —dijo Jake con una gran sonrisa—. Los animales salvajes son quisquillosos para comer.

Lori se rió y tocó el hombro de Jake.

—Es muy bonito lo que has dicho sobre que la tierra es libre. Nunca había pensado en ello de ese modo.

—No has vivido toda la vida bajo una cúpula. —Jake pensaba que a Lori se lo podía decir sin amargura.

—No, supongo que no. —Lori miraba a Jake con respetuoso interés—. ¿Cómo es?

Pero antes de que Jake pudiera responder intervino Ben:

—Eh, Lori, vamos. Jennifer ya ha bajado la mitad de la colina. ¿Quieres que te lleve la mochila?

—Gracias, pero me las puedo arreglar. —Levantó las cejas ante Jake con desesperación burlona—. Todo el tiempo tiene que ser el hombre.

—Ya lo he notado.

Descendieron. Se adentraron por una senda entre los pinos y el bosque los tragó por completo.

—¿Sabes, Ben? Jake no es tan malo como a veces quieres hacer ver. —Lori iba caminando junto a su novio, aunque a veces desviaba la mirada hacia la retaguardia, donde iban Jake y Cally. Jennifer y Eddie iban a la cabeza del grupo, como si el tiempo mismo pudiera seguir sus movimientos y avanzar así más rápido.

—¿Es verdad eso? —Ben sonaba escéptico.

—Creo que es realmente interesante. Apuesto a que tiene muchas historias que contar sobre la vida bajo los domos.

—Y por qué mejor no caminas con él y os interesáis mutuamente.

Lori suspiró.

—Ben, no estés tan a la defensiva. Sabes que prefiero ir contigo. Pero creo que tienes que darle una oportunidad a Jake. ¿No nos mandaron aquí para eso? ¿Para que nos conozcamos mejor entre nosotros?

Esta vez le tocó suspirar a Ben. Y fruncir el ceño. Sabía que Lori tenía razón pero no estaba seguro de que pudiera aproximarse por iniciativa propia a Jake, disfrutar de su compañía y profundizar en su amistad. No todavía. Tal vez nunca. Eran demasiado diferentes. ¿Pero quería decírselo a Lori?

—Lo intentaré —dijo y sonrió.

Lori le besó dulcemente la mejilla.

—Eso está bien. Ahora cuéntame cosas sobre el Wildscape. Grant nunca nos habría enviado a un lugar peligroso, ¿no?

Ben se encogió de hombros.

—No lo creo. El Wildscape es sólo una zona protegida, un poco como los grandes parques nacionales que existían antes de la Gran Contaminación. Cuando el gobierno construyó los domos para conservar nuestros suministros de alimentos, también fundó la Reseva Natural Wildscape en el lugar donde se encontraban los grandes bosques de los Estados del Norte y Canadá, o lo que quedó de ellos, en cualquier caso. —Ben señaló los alrededores—. Se garantizó que no habría desarrollo, sólo accesos recreativos estrictamente limitados para que todo quedara intacto y que los seres humanos no pudieran dañarlo. Como indica su nombre, es un paisaje salvaje. Wildscape. Es más o menos razonable, ¿no crees?

—Si Spy High cierra alguna vez, Ben, tendrías futuro enseñando. —Lori se rió. Ben se rió también. Bajo los pinos ancestrales la vida era agradable.

—Parece que Lori y Ben se están divirtiendo, ¿verdad? —comentó Cally mientras hacía una breve pausa para colocarse la mochila.

—¿Vas bien con eso? Déjame que te ayude. —A decir verdad Jake se sentía poco menos que culpable por el trato que le había dado la noche anterior.

—La noche pasada —él no lo estaba ocultando bien— fui yo la que me equivoqué, Jake, no tú. Quería descargar todos mis problemas sobre ti.

—Deberías haber podido hacerlo. Ésa es la cuestión, Cal. Para eso son los amigos. Y somos amigos, ¿o no? Incluso dado el ocasional…

—¿Desliz?

—No sé si ha sido un desliz. Tal vez un pequeño tambaleo.

Cally sonrió.

—Claro que somos amigos. —Y algún día, ella deseaba que llegaran a ser algo más. Pero no podía forzarlo. Ya llegaría su momento. Ya tendría su oportunidad de estar con Jake.

—¡Eh, holgazanes, por aquí! —Eddie estaba llamándolos y haciéndoles señas desde un poco más adelante—. ¡Mirad esto!

—¿Os lo podéis creer? —rió Jake—. Tal vez al final haya encontrado su hamburguesería.

No era eso. Lo que Eddie había encontrado era un río transparente como el cristal que se abría camino entre el rocoso suelo. Parecía poco profundo, pero bajaba bastante rápido. Ciertamente era demasiado ancho para saltarlo.

—Es un río —anunció Eddie.

—No se te pasa nada, ¿eh, Eddie? —dijo Ben.

Jake se arrodilló en la orilla, metió las manos en el agua formando una copa y bebió de ella.

—Deliciosa —aprobó—. Hielo líquido.

Cally y Lori se acercaron a él e hicieron lo mismo. Si hubiera sido idea de otro, Ben los hubiera imitado. Jennifer no quiso ensuciarse los pantalones. Eddie se quedó simplemente asombrado.

—¿Qué hacéis? Ni siquiera está esterilizada. ¿Cómo podéis...? ¿Y si los peces han hecho sus cosas? Además...

Lo que seguía a ese *además* el Equipo Bond nunca lo descubriría. El sonido de un rifle rompió la estampa. Se pusieron instantáneamente de pie con todos los sentidos en alerta, e instintivamente adoptaron posturas defensivas. Sus ojos rastrearon el follaje con minuciosidad. Sus músculos entraron en tensión y su respiración se aceleró.

—Está bien. Tranquilos, muchachos. —Unas formas emergieron de la maleza. Media docena de hombres, todos con rifles, botas de caza, chalecos a cuadros y gorros de lana.

—Aquí, el amigo Dan, que se ha entusiasmado. No queríamos asustaros.

El *amigo Dan* se rió detrás de su barba color zorro y se sacó el gorro que le hacía juego con la barba. Además llevaba una insignia toscamente cosida en la gorra que decía *Nacido para cazar.*

—Cazadores, ¿verdad? —Ben sabía que en el Wildscape los deportes cinegéticos sólo estaban permitidos si se cumplían ciertas cuotas, y con armas tradicionales. No estaban permitidas las armas láser de alta tecnología para detectar calor. Había que dar alguna oportunidad a los animales.

—Eso es. Nathan Pardew. Un placer conoceros. —Aunque no sonaba así—. Ahora, chicos, contadme qué hacéis en este lugar.

—Estamos a punto de construir un puente, creo —dijo Eddie.

—Estamos de acampada, señor Pardew —añadió Ben—, si realmente le interesa.

Pardew rió entre dientes, y sus compañeros lo siguieron. Lori se dio cuenta de que los cazadores iban formando gradualmente un semicírculo en torno a ellos. Se acercó a Ben.

—Un chico respondón —observó Pardew—. Ahora escucha bien... ¿cuál es tu nombre? —Ben se lo dijo—. Escucha bien, Ben. Y amiguitos de Ben. Lo que tenéis que hacer es olvidaros de vuestra acampada. Lo que tenéis que hacer es dirigiros unos quince kilómetros al oeste hasta el puesto de control y llamad a vuestras mamás y papás para que os lleven a casa.

—¿Cómo se atreve? —Jennifer parecía a punto de hacerle una llave de judo o karate, pero Cally y Eddie le apretaron cada uno un brazo hasta hacerla cambiar de opinión.

—¿Y por qué tendríamos que querer hacer eso? —preguntó Jake—. Teniendo en cuenta que tenemos tanto derecho a estar aquí como vosotros. —Ben sintió cómo Jake se acercaba a él. Percibió su presencia, que era fuerte y tranquilizadora—. Además, los habitantes del lugar estarían más contentos de tenernos a nosotros por aquí que a cierta otra gente que podría mencionar. Por lo menos no tenemos planeado matarlos.

—Este chico tiene labia, Nathan. —El *amigo Dan* dirigió su rifle hacia Jake—. ¿Quieres que le cierre el pico?

—No es necesario, Dan, no es necesario. —Pardew movió la cabeza con tristeza—. Me parece que vosotros no estáis al loro de las noticias, me parece que en estos días estáis demasiado ocupados tomando drogas y jugando a juegos de realidad virtual, pero os estamos dando un consejo muy útil. Estos bosques no son seguros.

—Nosotros no somos los que llevan armas —dijo Lori.

—Pero puede que las necesitéis. Dejadme que os diga —dijo Pardew—, que hay algo aquí. Algo que anda suelto por el Wildscape. Algo que no es ni una bestia ni un humano. Una criatura. Un monstruo. Una cosa.

—¿Pero por qué no nos dijeron que eran miembros de la Sociedad de Observación del Big Foot?, el Pies Grande. —saltó Eddie.

—Esto no es una broma, niño —advirtió Pardew, y ciertamente no había ni rastro de humor en su expresión—. Ni tampoco es una historia. Los cuerpos no mienten, y ha habido algunos. Y también desapariciones. Algunas de tíos ricos de acampada, igual que vosotros.

—Pues no tenemos planeado desaparecer —dijo Jake.

—Mi hermano —el *amigo Dan* interrumpió empuñando su rifle para dar énfasis— lo ha visto. Lo ha visto a los lejos entre las sombras, corriendo en la oscuridad.

—Y lo estamos buscando. —Pardew pareció recordar su propósito original—. Lo vamos a cazar y a matarlo, sea lo que sea. ¿Verdad muchachos? —Hubo un coro mudo de aprobación—. Pero hasta que lo hagamos, es mejor que escuchéis más y habléis menos, como si supierais más que nosotros. Advertencia final: quince kilómetros al oeste está el puesto de control. Intentad llegar allí antes que caiga la noche. No os quedéis de noche por estos bosques. Sentimos haberos fastidiado el día. Vamos, muchachos.

Pardew se volvió, y sin mediar palabra hizo que sus compañeros se marchasen por donde habían llegado. Sólo el *amigo Dan* hizo una pausa, inclinó su *Nacido para cazar* por segunda vez, repitió que su hermano «lo había visto» y después corrió detrás de sus amigos cazadores. En pocos segundos los perdieron de vista.

—¿Qué piensas de esto? —preguntó Jake a Ben.

—Una panda de chiflados —opinó Eddie—. ¿Habéis visto sus barbas? Ni los profetas del Antiguo Testamento… Apuesto a que es por beber agua del arroyo.

—¿Pero os creéis lo que nos contaron? —Cally no parecía muy segura—. Algo suelto por los bosques. ¿Qué? ¿Big Foot? ¿Algún tipo de monstruo?

—No existen los monstruos —dijo Jennifer con desprecio—. Historias para asustar a los niños, eso es todo. El hombre es el único monstruo del mundo.

—Punto para Jenny —concedió Lori—, pero todavía está planteada la pregunta. ¿Qué hacemos? ¿Vamos al puesto de control? ¿Continuamos como si nunca nos hubiéramos encontrado con esos cazadores? Puede que sólo hayan intentado asustarnos para ponernos en ridículo.

—Podemos llamar por radio a Grant —sugirió Cally—, llamar a Spy High.

—No, en absoluto —dijo Ben categóricamente—. Imposible. Lo que sea que decidamos lo haremos por nosotros mismos. Nadie más. El propósito de este viaje es que nos valgamos por completo de nuestros recursos. ¿Qué va a pensar Grant? ¿El primer problema que nos aparece y ya estamos llamando para pedir consejo? Eso no nos va a ayudar.

—Estoy de acuerdo con Ben —dijo Jake. Por un momento todos lo miraron atónitos, Ben incluido—. Y si queréis mi opinión, yo continuaría adelante de todos modos. Esos hombres eran unos imbéciles, y si King Kong o Frankenstein o quien sea ha establecido su residencia en la vecindad, todos somos agentes secretos en formación, ¿verdad? Somos el Equipo Bond, ¿no? Podremos con ellos. Acampemos aquí y preocupémonos por comer algo.

—Estoy de acuerdo con Jake —dijo Ben.

Parecía como si mirar atónito se hubiera puesto repentinamente de moda.

Mientras se acercaba al fuego y se envolvía los hombros con la manta, Cally pensó que los cazadores tenían razón en una cosa. Realmente no quería pasar la noche a la intemperie en aquellos bosques. Ella se inclinaba por las tiendas abiertas las veinticuatro horas y las luces de neón de la ciudad. Si bien era cierto que habían conseguido encender un fuego considerable, arrastrando troncos y ramas caídas al centro del claro que habían hecho para las tiendas, su resplandor no penetraba demasiado lejos en la oscuridad. Cally sentía que la noche que la rodeaba era como una gran boca negra, que podría abalanzarse sobre ellos y devorarlos en cualquier momento.

Los demás no parecían sentirse como ella, o lo disimulaban mejor. Ben y Lori estaban abrazados en el lado opuesto del fuego, compartían la misma manta y, evidentemente, el mismo par de labios. Eddie se quejaba de que no tenían golosinas.

—¿Cómo nos pueden dar víveres de supervivencia para una acampada sin golosinas? —y mientras lo decía se calentaba las manos al fuego.

Jake, no demasiado apartado, observaba las llamas perdido en sus propios pensamientos. Sólo Jennifer parecía descontenta e incómoda. Estaba sentada con las piernas cruzadas donde moría la luz de la chisporroteante hoguera, medio visible, medio perdida en la noche. Pero Cally no se sentía con ganas de acercarse a ella.

Hizo una elección. Se acercó a Jake, quien no pareció notarlo.

—Un céntimo por tus pensamientos —dijo Cally insinuante—. O con la inflación tal vez podría ofrecerte un dólar.

—Ah, hola, Cal. —Ahora que estaba consciente parecía contento de verla—. ¿Qué tal lo llevas?

—Bien, aparte del frío. —Siguió con las insinuaciones—. Estaba pensando en Ben y Lori.

—¿Tienes frío? Ten, coge mi manta.

Estaba claro que Jake no pillaba las insinuaciones.

—Sabéis —dijo Lori mientras salía para tomar aire—, estar sentados alrededor de una hoguera así (noche oscura, buenos amigos) me recuerda cuando estaba en las Girl Scouts.

—Sí —dijo Eddie—, a mí también.

—Despierta —se burló Ben—. ¿No te lo han explicado, Eddie? Se llaman las Girl Scouts porque son sólo niñas.

—Ya lo sé —dijo Eddie mirando de soslayo—. ¿Por qué te crees que me apunté?

—¡Idiota! —Ben le tiró un puñado de tierra.

—De todos modos es como el campamento —Lori ignoró la interrupción con elegancia—. Lo único que nos falta es cantar. ¿Queréis intentarlo?

—¿Qué? ¿Cantar? —Ben no parecía muy entusiasta.

—Claro, cantar. Solíamos cantar una canción que se llamaba *La tierra del abedul plateado*, que era muy bonita.

—Sí, ¿por qué no? —la animó Eddie—. Cuando escuchen mi bella voz todas las bestias de los alrededores van a irse pitando al puesto de control a rogar que les concedan un traslado.

—Creo que nos podríamos unir a ellos —dijo Jake.

Lori insistió.

—Es realmente bonita y fácil. Os la puedo enseñar.

—No te molestes —dijo Jennifer con una voz que crepitaba como los troncos del fuego—. ¡Esto es una mierda! —Las llamas se reflejaban en sus ojos verdes y acariciaban su piel como si reconocieran a alguien de la misma especie.

—Eh, Jennifer, cuidado con lo que le dices a Lori —estalló Ben.

—¿O qué? —Jennifer se puso de pie de un salto—. No me puedes decir lo que tengo que hacer, no aquí. No deberíamos estar aquí. Esto es absurdo. Deberíamos... estar aprendiendo a luchar, aprendiendo a llevar el control, y no... estar sentados junto al fuego cantando canciones. ¿No entendéis? —Miró por si encontraba algún tipo de apoyo en las caras de los demás. Cuando vio que no había reacciones, Jennifer lanzó un improperio, se dio la vuelta y se adentró a grandes pasos en la oscuridad asfixiante.

—Esta chica necesita relajarse —dijo Eddie.

—Ben —dijo Lori con preocupación—, no podemos dejar que se vaya así.

—Supongo que no —Ben hizo ademán de levantarse con desgana.

Jake lo detuvo.

—No te preocupes. Ya voy yo.

—Te mantendré el sitio calentito —le dijo Cally.

Lo podría necesitar. Adentrarse en la oscuridad era como sumergirse en un lago frío de agua oscura. Jake tembló a pesar de sí mismo y de la ropa térmica que llevaban él y los demás. Sus ojos comenzaron a acostumbrarse a la luz sin brillo que se filtraba a través de las ramas de ébano de los pinos. Tras él, el campamento se veía como un borrón sobre una pizarra. La noche no lo asustaba, pero aun así deseaba que Jennifer no se hubiera ido muy lejos.

No lo había hecho. Era como una sombra entre las sombras, pero Jake la encontró apoyada contra un árbol, restregándose la frente contra la corteza, como si pretendiera producirse dolor. Jack recordó su comportamiento en el programa Stromfeld y sintió que quería tenderle una mano.

—¿Jennifer? ¿Jen? ¿Me lo quieres contar?

No lo hizo. Incluso en la oscuridad le escondía la cara.

—Déjame sola, Jake.

—No puedo hacerlo. —Y no quería hacerlo.

—No te he pedido que me sigas.

—No creo que tengas mucha opción al respecto. Somos un equipo. Vamos unidos.

—¿Qué, también tú y Ben Stanton? —Jennifer se rió con la rudeza de un alambre de pinchos.

—Lo conseguiremos. —Tal vez. Hacía más frío. Jake repentinamente lo sintió, un frío tenebroso que atravesaba el bosque. Pensó en la muerte, en el sudario.

—¿Entonces vas a volver al fuego o tendremos que quedarnos aquí hasta que nuestras partes se congelen?

—Vete tú —dijo Jennifer, que entonces sonaba más petulante que verdaderamente enfadada—. Yo me quedo.

Él quería irse. Algo estremecedor le recorrió la columna y le hizo un nudo en el estómago. Sintió el peligro en la oscuridad pero mantuvo su voz normal.

—Así no funciona la cosa. Si te quedas, me quedo. Tan simple como eso.

—¿Por qué me molestas, Jake? —Al fin Jennifer se volvió hacia él—. No significo nada para ti. No sabes nada de mí.

—Eso no significa que no me interese.

—No te interesa. —La voz de Jennifer estaba cargada de amargura—. Mantén la distancia, Jake. No te gustará lo que encuentres.

A cierta distancia, a la derecha, se deslizaron unas sombras. Jake estaba seguro de haber visto algo. La oscuridad parecía coagularse como la sangre. Jake agarró el brazo de Jennifer.

—¡Oye! ¿Qué...?

—¡Silencio! —Su susurro no aceptaba contradicciones—. Aquí hay algo...

Un sonido como de hojas cayendo sobre una lápida. El jadeo de algún tipo de bestia.

—Jake, ¿qué es eso?

Se estaba acercando. La oscuridad, viva, se retorcía para crear formas de pasadilla.

—¡Corre al campamento! —la ordenó Jake a gritos—. ¡Ahora!

Se pusieron en movimiento. Pero no fueron lo suficientemente rápidos. Jennifer gritó. También Jake.

Y sobre ellos se cerró la oscuridad.

2

—¿**H**abéis oído eso? —Cally se levantó nerviosa—. ¿Han sido Jen y Jake? —Miró con los ojos entreabiertos hacia la oscuridad que los rodeaba.

Debió haber alzado la vista.

—¡Cally, cuidado! —Lori lo vio primero. Ella y los chicos se pusieron de pie a toda prisa.

Con un alarido como el de un cristal hecho añicos, una criatura se abalanzó desde las ramas. En el segundo que tuvo para reaccionar, Cally confió en su entrenamiento. Agachó la cabeza y rodó sintiendo cómo unas garras se le clavaban en el pelo y la espalda, sin poder atraparla. Pudo vislumbrar una imagen borrosa: era una grotesca parodia de una cara humana, peluda, con hocico, y orejas afiladas como de murciélago. Cally oyó cómo batía sus alas de cuero emitiendo un terrorífico sonido. Voló de nuevo por los aires, preparando un segundo asalto. Los otros se lanzaron gritando hacia ella. Objetivos móviles.

Algo duro y con escamas chocó contra Eddie y lo tiró con fuerza al suelo, haciéndole brotar sangre por la boca. Luchaba con todas sus fuerzas pero su atacante era demasiado poderoso. Su piel era como una armadura que lo aplastaba, mientras sus manos verdes buscaban a tientas el cuello de Eddie. Era un espantoso híbrido de hombre y reptil. Eddie se escuchó gritar.

La noche también cayó sobre Ben y Lori, solidificada bajo la forma de simios gemelos, como los primeros de una raza, que aullaban y golpeaban a los jóvenes con sus brazos informes y mutados.

—¡Espalda contra espalda! —gritó Ben—. ¡Defendiendo al otro! ¡Como en el hologimnasio!

Lori y él lo hicieron, reduciendo inmediatamente el alcance del ataque de las criaturas. Los puños de Lori crujieron al entrar en contacto con un pedazo de carne temblorosa y grasienta. Quiso gritar, pero pensó que no debía malgastar su energía. Al parecer la iba a necesitar.

Cally fue embestida por segunda vez por la criatura murciélago. Entonces agarró del suelo una piedra que estaba a mano y la aplastó contra su ancha nariz, de la que empezó a brotar sangre.

Eddie lanzaba patadas y brincaba, hasta que un movimiento repentino desequilibró al hombre reptil y lo arrojó lejos de él. Eddie rodó. Lo agarraron unas manos. Eran las de Cally.

—¿Qué haces aquí, Eddie?

—¡Intento esconderme!

¿Qué era lo siguiente? ¿Qué otros horrores les esperaban? ¿Y dónde estaban Jennifer y Jake?

Estaban espalda contra espalda. Combatiendo, luchando duramente, rechazando con golpes limpios y precisos a las criaturas de pesadilla que el bosque les enviaba. *No permitáis que las cosas os atrapen, os agarren ni os arrastren. Manteneos lejos de sus bocas.*

—¡Mantente firme! —gritó Jake—. ¡O seguimos juntos o esto se acaba! ¡Busca sus ojos!

Jennifer profirió un espantoso lamento.

—¡No tienen ojos!

Lori sentía que le dolían los músculos de los brazos. *Armas. Necesitaban armas.* Narcodardos, tal vez, o por lo menos una katana como la espada con que habían estado practicando artes marciales. La especie de simio la acorralaba y arremetía contra ella. Lori rechazó su ataque. Improvisación. *El espía que sobrevivía era el que se adaptaba a las circunstancias.* Y aquéllas eran las circunstancias de un bosque.

—¡Ramas! —gritó a los otros—. ¡Usad las ramas como katanas!

Y fuego, estaba pensando Ben. Los animales temen al fuego. Mientras Lori daba sablazos y estocadas con su recién descubierta arma, Ben introdujo las manos más allá del límite de las llamas, y refrenando las ansias de gritar de dolor, sacó una rama ardiendo que le dejó los dedos ahumados y con ampollas.

En ese momento una criatura de pelo enmarañado saltó sobre Ben. Su reacción fue tan incisiva como la rama que blandía y clavó en el pecho de la cosa simio. La sangre comenzó a brotarle por la boca a borbotones, su retorcida forma ardió en las llamas, y cayó hacia atrás agonizando. Entonces se hizo el silencio.

El resto de las criaturas permanecieron quietas, como esculturas espantosas de un artista desquiciado.

—¿Qué está pasando? —preguntó Lori, jadeante, a Ben.

—Estad alertas. Permaneced alerta.

Pero aquellas cosas se habían marchado, batiéndose en retirada hacia la oscuridad, hacia la noche.

—¿Se acabó? —El terror y la tensión perturbaban la voz de Cally—. Por favor, decidme que sí.

—Tal vez tengan una oferta mejor en otra parte —dijo Eddie, abatido.

—¿Qué pasa con Jen y Jake?

—No pasa nada, estamos aquí. —Jake llevaba a Jennifer, cojeando, hacia el claro. Tenía sangre en la cara. Ambos parecían exhaustos.

—Así que vosotros también habéis tenido visita, ¿eh? ¿Estáis bien? —Ben consiguió decirlo antes de hacer un gesto de dolor.

—Mejor que vosotros, según se ve.

—¡Oh, Ben, tus manos! Déjame verlas. —Lori las cogió con cuidado entre las suyas—. Tienen quemaduras muy feas.

—Estoy bien. De todos modos, tenemos cosas mucho más importantes de las que preocuparnos. Como por ejemplo de esas criaturas y de si volverán.

—Ben tiene razón —dijo Jennifer—. No nos podemos permitir bajar la guardia.

—¿Qué pasará si simplemente han ido a buscar refuerzos o algo así? —Cally estaba consternada—. ¿Podemos contactar con Spy High *ahora*?

—Eso va a ser un poco problemático —dijo Eddie.

Los demás vieron a qué se refería. El campamento había sido saqueado y destruido por completo. Todo lo que era de tela había sido hecho jirones: tiendas, camas y ropa; mientras que todo lo sólido estaba hecho añicos, incluido el aparato señalizador. No había manera de que pudieran contactar con nadie. Se tendrían que valer por sí mismos.

—Muy bien, por lo menos sabemos a qué atenernos —dijo Ben—. ¿Opciones?

—El puesto de control —dijo Lori—. Los cazadores dijeron que se encontraba a unos quince kilómetros al oeste. Incluso sin mapas tendríamos que poder llegar.

—Tal vez debimos haberlos escuchado, para empezar —murmuró Eddie—. Parece que tenían razón después de todo. Si los volvemos a ver, lo primero que haré será disculparme. Un punto para los muchachos de barba.

—Lo que debimos haber hecho es irrelevante, Eddie —dijo Ben un poco dolido por la crítica implícita, incluso dadas las circunstancias—. Lo que importa es lo que tenemos que hacer ahora.

—Sí —aprobó Jake—, y lo que desde luego no hemos de hacer es ir hacia el puesto de control en medio de la oscuridad.

—De acuerdo.

—De modo que eso significa que permaneceremos aquí juntos en torno al fuego. Estaremos alerta, no dormiremos y nos marcharemos en cuanto amanezca. Y mientras tanto… esperemos que esas cosas no intenten volver.

—¿De todos modos, qué *eran*? —Cally recordó su horror—. No pueden haber sido naturales. Parecía como si fueran varias especies unidas en una. Híbridos. Mutaciones o algo así. Repugnantes.

—Informaremos de todo esto cuando volvamos a la escuela —dijo Ben.

—Sí, bueno, fuesen lo que fuesen —añadió Eddie—, espero no tener que verlos nunca más.

El Equipo Bond se acurrucó unido en torno al fuego. Se sentaron o pusieron de rodillas como antes, pero ahora mirando hacia el exterior, y ya nadie sugirió cantar, sólo oír y mirar. Miraban fijamente hacia la oscuridad, y en sus pensamientos aparecían las criaturas que habían surgido de allí. Observaban y esperaban, ansiosos por que llegara el alba.

Y finalmente llegó, a regañadientes y de mala gana, tan gris como las cenizas del fuego. El Equipo Bond se puso en marcha. Estaban rígidos y ateridos, como si fuesen de madera, y les dolían las extremidades entumecidas; su aliento creaba formas en el aire frío.

—Supongo que no podemos ni pensar en una taza de café caliente —refunfuñó Eddie.

—Déjame que te mire las manos, Ben. —Lori se las inspeccionó e hizo un gesto de disgusto. Sus palmas estaban destrozadas y enrojecidas.

—¿Te duelen?

—No lo sé —dijo Ben—. Realmente en este momento no puedo sentir nada.

Lori presionó sus labios contra ellas.

—Deberíamos ponerte algo.

—Contigo me basta, Lori. No te preocupes. Sobreviviré.

—Esperemos que podamos decir eso en plural —dijo Jake—. Hora de partir.

Jennifer se había acercado al cadáver carbonizado de la criatura que había abatido Ben. Se tocó los arañazos que llevaba en la mejilla y miró fríamente el cuerpo ennegrecido.

—Te atrapamos —murmuró—. Te atrapamos.

—Déjalo, Jennifer. Ven aquí. —La nariz de Cally se arrugó de asco—. Es espantoso.

Ben miraba fijamente los ennegrecidos restos.

—Jamás había matado nada. —Era como si la fría realidad de su hazaña sólo le hubiera ocurrido a él.

—Hiciste bien, Ben —dijo Jennifer, lúgubre—. Merecía morir. Ser capaz de matar a tus enemigos debe de ser una experiencia muy satisfactoria. —Propinó una patada a la cabeza colgante y el cuello se quebró como una rama petrificada. Cally dirigió su cara de asco hacia Jennifer.

—¿Me habéis oído? —Jake se dio unas palmadas en los costados en señal de impaciencia—. Ya es hora de estar en otra parte.

—Amén a eso —dijo Cally.

Se pusieron en marcha a través del bosque lo más rápido que pudieron y de la manera más exacta posible hacia el oeste. El cielo plomizo y sin sol no los ayudaba y parecía caerles encima como la tapa de una sepultura, como si la silueta recortada de los árboles se cerniese sobre ellos. A diferencia del día anterior, el grupo ahora se mantenía unido, chocando a veces unos contra otros cuando el abrupto suelo subía o bajaba. Nadie se quejaba.

—Manteneos vigilantes —advirtió Jake—. Que no tengamos más sorpresas como la de anoche.

Jennifer sugirió que todos llevaran ramas cortadas para usar como armas si fuera necesario. Y por la manera casi amorosa con que sujetaba la suya, Cally no estaba segura de que Jen no hubiera apreciado otro ataque.

—Sabéis —consideró Lori lentamente—, no sé qué pensáis los demás, pero me parece mucha coincidencia que, dado el tamaño del Wildscape en su conjunto, hayamos sido enviados al punto exacto donde estaban esas criaturas.

—Ha sido mala suerte, Lori —dijo Eddie—. La historia de mi vida.

—¿Qué estás diciendo Lori? —Ben dudaba—. ¿Que Grant nos ha mandado aquí deliberadamente sabiendo que podríamos sufrir una emboscada y posiblemente ser asesinados?

—Si quisiera deshacerse de nosotros —replicó de nuevo Eddie—, prefiero mil veces la expulsión.

—No lo sé—. Lori comenzó a retractarse ante el escepticismo de su novio—. Sólo digo que es un poco raro. Eso es todo.

—Lori ha dado con algo —dijo Jake.

—Oh, Lori ha dado con algo, ¿sí? —Ben no quería que Jake se pusiera del lado de Lori contra él—. Muy bien Señor Teoría de la Conspiración, qué hay de tu... ¡Espera! —Ben se detuvo abruptamente, y todo su cuerpo se tensó.

—¿Qué es eso? —Los ojos penetrantes de Jake atravesaron el bosque.

—Chicas, esperad aquí. Jake, Eddie, conmigo.

Eddie rechistó:

—¿No podría ir Lori contigo y yo me quedo con Cally y Jen?

—Ahora.

Los chicos avanzaron unos pasos, Ben en cabeza. Jake vio lo que él había visto y adivinó vagamente de qué se trataba.

Eddie tragó saliva.

—¿Es eso... un hombre... o algo así?

El Equipo Bond había alcanzado a los cazadores.

—Tal vez no te hayas dado cuenta, Ben Stanton, pero las mujeres tenemos los mismos derechos que los hombres desde hace cien años, y si crees que puedes...

Las otras chicas habían alcanzado a sus compañeros, y a Jennifer se le olvidó el resto de su frase.

—¡Oh, Dios mío! —suspiró Cally.

—Esas criaturas los deben de haber atacado de la misma manera que nos atacaron a nosotros —dijo Ben gravemente—, sólo que no pararon hasta...

Eddie se arrodilló para coger uno de los rifles de los cazadores. Estaba partido en dos como un mondadientes. A su lado yacía el cuerpo casi entero de Nathan Pardew, con la barba cubierta de sangre seca. Eddie agitó la cabeza tristemente.

—Deberías haber escuchado tu propio consejo. Deberías haberte escuchado.

—No están todos aquí —dijo Jake—. Sólo hay cuatro cuerpos. Eran seis cazadores. No veo a Dan, el de la gorra de *Nacido para Cazar*.

—A lo mejor escaparon —sugirió Cally esperanzada.

—O a lo peor esas bestias se los llevaron —respondió Ben.

—¿Por qué habrían hecho tal cosa?

—Ni lo sé ni lo quiero saber —Jake echó un vistazo a los alrededores— pero no hay nada que podamos hacer aquí. Voto por largarnos, así como inmediatamente.

—¿Y qué hay de estos pobres tipos? —preguntó Lori—. ¿No deberíamos enterrarlos?

—¿Con qué? —la desafió Ben—. Nuestra prioridad debe ser salvarnos. Luego podremos hacer algo respecto a esto, y a esas criaturas también.

—Sí, Ben —dijo Lori obediente.

—Son cuerpos de verdad —murmuró Cally—, cadáveres reales. En parte me gustaría que estuviéramos a salvo dentro de nuestras acogedoras cibercunas y que nada de esto estuviera pasando. Que en cualquier minuto apareciese el sargento Keene, y desactivase el programa, que nos hallásemos de vuelta en Spy High, y que todo volviese a ser normal. Parte de mí espera eso. Pero gran parte de mí sabe que no ocurrirá. Todo esto es real —Cally miró a los demás—. La muerte es real.

No había nada más que decir. Los chicos continuaron en silencio, caminando a paso ligero. ¿Cuánto habían caminado desde que amaneció? Varios kilómetros, seguramente, pero era difícil saberlo: el bosque era siempre igual, como un libro jamás escrito. ¿Cuánto más lejos tenían que ir? La distancia hasta el puesto de control disminuía a cada paso; ésa era la manera de mirarlo. Cada paso los acercaba un poco más a su salvación. En cualquier momento verían en la lontananza, a través de los árboles, las paredes sólidas y seguras del puesto de control. Oirían el ruido de los helicópteros y los sonidos de la civilización. Y se echarían a correr, gritando de júbilo y alivio, ignorando el dolor de sus heridas. En cualquier momento...

—¡Lo veo! ¡Lo veo! —gritó Cally de repente—. ¡Ahí está!

Y allí *había* algo ciertamente. Algo sólido, seguro. Algo con paredes. Pero el edificio que se levantaba ante ellos no era un puesto de control.

—Es un refugio— dijo Ben.

La construcción, hecha de piedra maciza, constituía una sólida defensa contra cualquier peligro. Tenía el tejado de dos aguas, y habitaciones con ventanas de madera que sobresalían del techo de pizarra verde. A Ben le recordó un hotel en el que se había alojado cuando fue a esquiar hacía unos años a los estados del oeste. El humo salía tranquilamente de varias chimeneas.

—¿Qué hace esto aquí? —se preguntó Eddie—. Aún estoy buscando el cartel de «En Medio de la Nada» colgado en alguna parte.

—A lo mejor se perdió camino a su balneario —dijo Ben.

—¡Qué más da! —Cally apuntó a las chimeneas—. Humo equivale a fuego. Fuego equivale a gente. Gente equivale a ayuda.

Pararon frente a la puerta y a pesar de la evidencia del humo, la cabaña parecía desolada y desierta. Dos grandes pilares en forma de tótem guardaban la entrada, uno a cada lado, ambos esculpidos macabramente con cabezas, mitad humanas, mitad animales, como si escultores de todas las especies del bosque hubiesen contribuido a la obra, de forma desigual y sin orden. Las cabezas se erguían sobre un caos de picos, troncos y cuernos, y tenían los ojos y la boca abiertos, atónitos por la manera en que habían sido creados.

Cally sintió que la miraban. Las cabezas la miraban. Querían que se uniera a su interminable vigilia.

—¿Nos vamos a quedar parados aquí o alguien va a llamar a la puerta? —Su voz denotaba ansiedad.

Ben tocó el timbre. Escucharon un eco vacío en el centro de la casa.

—Alguien debe de vivir aquí. Ha de haber alguien dentro.

Lori se aferró al brazo de Ben.

—¿Y qué pasa si —dijo— las criaturas se nos han adelantado, como el lobo de Caperucita Roja? ¿Y si están ya dentro, esperándonos?

—¿Y qué pasa si empiezas a comportarte como alguien de tu edad, Lori? —respondió Ben.

De todas formas, era demasiado tarde. La puerta se abrió.

Un hombre apareció frente a ellos, mirándolos a través de unas gruesas gafas redondas, y pestañeando como un búho inquisitivo. Era un hombre alto y anguloso, y su torso se inclinaba hacia delante, de manera que parecía que las dos mitades de su cuerpo apenas estaban conectadas. Un hombre cuyos brazos y dedos eran demasiado largos y blancos, como velas de cera. Un hombre cuyo traje gris parecía tener cien años. Un hombre que de pie en la puerta dijo sencillamente:

—Oh, vaya.

—Hola —dijo Eddie—. Perdone la molestia, pero ¿cabría la posibilidad de tomar un baño caliente?

Se sentaron en lo que el doctor Averill llamaba el salón principal y sorbieron agradecidos el té caliente y dulce que les había ofrecido. También les había prometido comida caliente: tocino, huevos, salchichas y creps, en cuanto hubiese esclarecido la historia en su cabeza.

—Recibir visitas es algo muy inusual, entiéndanme —les dijo—. Vivo solo aquí. La tranquilidad y la soledad me ayudan en mi trabajo. Normalmente no veo a nadie, menos aún a gente aparentemente perseguida por... ¿cómo los describiste, Benjamín? Criaturas de pesadilla —Mostró sus dientes en un amago de sonrisa—. Quizá me aventure pero ¿no habrá sido todo producto de sus imaginaciones hiperactivas?

—Entiendo que es difícil de creer, doctor Averill —reconoció Ben lo más educadamente posible—, pero todo es verdad. Sólo tiene que mirarnos.

—Oh, estoy mirando, Benjamín —dijo el doctor—, no te quepa la menor duda.

—¿Y qué hay de los cazadores? —interrumpió Cally—. Hay cadáveres ahí fuera. Los hemos visto.

—Claro que los habéis visto.

—Hay que hacer algo.

—Algo vamos a hacer, te lo aseguro.

—¿Este año?

—¡Eddie! —Ben lanzó una mirada furiosa a su compañero de equipo.

Eddie permaneció en sus trece.

—¿No creéis que hay que contactar con las autoridades ya? ¿Cuanto antes mejor? Lo que intento decir es ¿y si esas cosas nos han seguido hasta aquí? ¿Nos salvarían los tótems? No parecéis...

Buscó palabras que no pudo encontrar y de repente perdió el interés.

—Aquí estamos totalmente a salvo —el doctor Averill se dirigió a Eddie—. Os lo prometo. En todos los años que he vivido en la cabaña nunca he sido atacado por monstruosidades como las que me describís. Y lo de contactar con las autoridades o con alguien, me temo que va a ser un poco difícil. Vivo una vida completamente ajena al mundo exterior; estoy totalmente entregado a mi trabajo. No tengo holovisión, ni videófono, ni siquiera algo tan anticuado como una radio. Se podría decir que estamos... incomunicados.

—Entonces, ¿qué podemos hacer? —Ben frunció el ceño. No podía entender la calma de aquel hombre ni su negativa a aceptar la gravedad de la situación. Sintió que las cosas se le estaban yendo de las manos.

—¿Qué podemos hacer?

Averill entrelazó sus dedos como si fueran cuerdas.

—Bien, ¿por qué no tomáis un poco más de té y me contáis de nuevo exactamente lo que pasó?

Ben no quería más té. Había tomado más que suficiente. Era demasiado dulce y empalagoso, y no se parecía a ninguno que hubiese tomado antes. Tampoco quería volver a contarle a Averill lo que había sucedido. Se dio cuenta de que sólo quería dormir. Todo lo sucedido le había producido un gran cansancio, sin duda. Alguno de los otros se podría hacer cargo por una vez. Él ya había hecho lo suyo. No podían esperar que liderase en primera línea siempre, ¿verdad?

Sin embargo, los otros, por lo visto, ya no estaban siguiendo la conversación. Cabeceaban sin escuchar, aletargados en sus sillas. Eddie asentía con la cabeza, como a punto de dormirse. Jennifer miraba el techo y Cally, al suelo, y las dos parecían adormiladas. Jake intentaba llamar su atención, pero muy lentamente, sin energía, como si cualquier esfuerzo por moverse fuera inmenso. Su boca intentaba formar palabras, pero parecía haber perdido la facultad del lenguaje. Podía haber estado señalando algo, aunque Ben no estaba seguro. Enfocar la mirada era demasiado difícil.

Averill ya había desistido, de todas formas. Estaba en el otro lado del salón, donde Lori permanecía atontada frente a un enorme óleo colgado en la pared.

—Ah, ¿admirando mi cuadro, jovencita? —le decía Averill—. Es bonito, ¿verdad?

El cuadro representaba un centauro alzado sobre sus patas traseras, que se golpeaba el pecho humano, gritándole a la luna llena. Pero no era una hermosa criatura mítica. La cabeza humana y el torso estaban pringosos de fluidos, como el cuerpo de un recién nacido. En el fondo, en las sombras, había figuras bailando frenéticamente, mitad humanas, mitad bestias.

Como las cabezas de los tótems. Como las cosas del bosque.

—Qué bien que te guste, mi niña —dijo Averill—. Siempre ha sido una inspiración para mí, para mi trabajo.

A Ben le pesaba la lengua como si fuera de plomo.

—¿Cuál es su... trabajo, doctor Averill?

—¡Ah! Si te lo digo ya no es secreto —se rió con una risa aguda, bastante molesta—. Ya lo averiguarás... muy pronto.

Los ojos de Ben se dirigieron hacia Jake, al punto que parecía señalar... la mesa, donde estaba el servicio para el té. La mesa, donde ya estaban preparadas las cosas para el té cuando entraron en el salón. La mesa que ya tenía seis tazas puestas, esperando.

Seis tazas. Una para cada uno.

El temor se apoderó de lo que a Ben le quedaba de conciencia.

Jake intentaba esbozar una palabra. Ahora Ben sabía qué le quería decir. El té. Algo había en el té.

—Drogados...

Ben se inclinó hacia delante. Tenía que salir. Escapar. Los demás ya no podían. Dependía de él hacer algo. Se balanceó sobre sus pies mientras la habitación se movía a su alrededor.

—No intentes evitarlo, Benjamín. Demasiado tarde, hijo mío.

Otra vez esa risa aguda. Averill estaba a su lado, inspeccionándolo.

—Oh, eres fuerte, tienes mucha fuerza de voluntad. Serás un buen ejemplar.

Ben intentó golpearlo, pero perdió el equilibrio. De todas formas, Averill estaba detrás de él. Y también delante, engatusándolo para que avanzara hacia la puerta, ahora ancha como la sonrisa de un payaso. El suelo lo empujó hacia ella, y a través de ella. Las blancas manos de Averill aplaudieron.

—No estás muy lejos. —Su voz resonaba fuerte en los oídos de Ben—. En el recibidor. ¿Podrás llegar hasta el recibidor?

Era interminablemente largo y angosto, y no tenía suelo. Ben se agarró a los abrigos allí colgados para no caerse. No funcionó. Estaba en el suelo. La cabeza de Averill sin cuerpo paseó por encima de él. Al alcance de Ben había una cazadora y un gorro de cazador. *Nacido para Cazar.* ¿Aquellos quejidos, eran de él?

—De mis visitas anteriores —Averill le estaba diciendo—. Ha sido un día muy excitante. Y ahora, ¿todavía te quieres ir?

El cuerpo de Ben era sólo carne y hueso y no le obedecía.

—¿No? En ese caso será mejor que te quedes.

La risa aguda del doctor Averill persiguió a Ben hasta que perdió completamente la conciencia.

3

En su sueño estaba a oscuras pero no estaba sola. Alguien o *algo* más estaba ahí con ella, rondándola y acercándose, y en cualquier momento ese alguien o algo alargaría su mano para tocarla y ella gritaría, pero eso no la ayudaría en nada.

Cally voló por la oscuridad, buscando una luz. Estaba ahí, por delante de ella, una sola estrella como un rayo de esperanza en la abrumadora noche. Corrió hacia ella, rezando para poder alcanzarla. Ahora sabía quién la perseguía, quién estaba casi encima de ella. Stromfeld. Queriendo retenerla ahí, en la oscuridad, derrotada. Stromfeld se cernía sobre ella.

Cally buscó la luz. Y se despertó. En una habitación como de hotel, pero no era un huésped. Estaba tumbada en la cama, sin ataduras. Su mente se aclaró lentamente. Volvió su memoria.

Por lo tanto, Averill no la consideraba un peligro, no pensaba que pudiese escapar. Acaso había sido piadoso con ella al estilo Stromfeld. O tal vez simplemente la subestimaba. Cally sonrió al pensarlo. Ser infravalorada era concederle ventaja. El buen doctor Averill no sabía que estaba tratando con estudiantes del Spy High y Cally era uno de ellos, se lo había merecido a pesar de Stromfeld. Ahora tenía la oportunidad de demostrarlo.

Bajó las piernas de la cama y se levantó de un salto. Se sentía fuerte, equilibrada y preparada. Debían de haber puesto una droga en el té, pero al menos los efectos parecían ser sólo temporales. Habían caído tontamente en la trampa de Averill. Tal vez se habían comportado como novatos, pero Grant les había advertido que en algún momento de sus carreras serían sedados, golpeados, capturados y amenazados de muerte. Era algo rutinario en la vida de un agente secreto, había advertido Grant.

Como también lo era escapar, liberarse y darle la vuelta a la tortilla al malo. En fin, Cally había cumplido con la primera parte de las expectativas de su profesor. Esperaba poder empezar con la segunda parte bien pronto.

Cruzó la habitación hacia la ventana. Desde el piso de arriba de la cabaña se divisaba un panorama del bosque engañosamente pacífico. Opción uno: romper la ventana, saltar sin fracturarse ningún miembro, y correr al puesto de control a buscar ayuda. No era viable por varios motivos, Cally razonó. El cristal era doble y cada mueble que pudiese servir como arma estaba fijado al suelo. Además, primero tenía que localizar a los demás, y seguro que el bosque estaba plagado de las criaturas de Averill.

Sí, Cally intuyó la verdad. Las criaturas de Averill. Existía algún tipo de conexión. En matemáticas dos más dos siempre era igual a cuatro. En espionaje, un doctor trastornado más un puñado de monstruos mutantes siempre era igual a una sucia estratagema para controlar el mundo. Y, como en el programa Stromfeld, el tiempo para evitarlo se estaba acabando.

Cally se lanzó hacia la puerta. Opción dos: salir por allí,

encontrar a los demás primero y luego, al doctor Averill y fastidiarle el día. No había más opciones. La puerta estaba cerrada con llave, por supuesto, pero no importaba. Tal vez no habían llevado consigo sus trajes de choque en esta pequeña aventura, ni sus muñequeras narcóticas, pero Cally no estaba del todo desprovista: llevaba una nitroúña.

Lo hizo de la manera que le habían enseñado: retiró la capa transparente de explosivo de su uña, la apretó firmemente contra la superficie ofensiva —el terco mango de la puerta— y se apartó. Contó hacia atrás desde cinco. Al llegar a cero, la nitroúña detonó con un estallido sordo. La barrera había sido vencida.

Era como estar de vuelta en la academia, sólo que el peligro ahora era real. Cally salió cautelosamente hacia lo que parecía ser un vestíbulo desierto. Había más habitaciones con las puertas cerradas a derecha y a izquierda, corredores que partían del vestíbulo principal y, un poco más lejos, una escalera central que descendía. No había indicios de amenaza inmediata. Se podía concentrar en buscar a los demás. Lo de ir de héroe solitario era algo que le podría gustar a Ben, pero en esos momentos Cally hubiese preferido estar acompañada.

Avanzó cautelosa a lo largo del vestíbulo, acordándose de las técnicas de infiltración que Keene les había estado enseñando. Llegó a un corredor secundario. Lo primero: un agente secreto tiene que estar preparado para todo.

Unas manos la agarraron y la empujaron hacia un lado.

—Tranquilo, Jake —susurró Eddie—. Es sólo Cally.

—¿Cómo que *sólo*? —respondió Cally, aunque se alegró cuando el apretón de Jake se convirtió en abrazo.

—No le hagas caso —dijo Jake—. Es la manera de Eddie de decirte «estamos muy felices de verte». Y lo estamos.

—¿Cómo saliste de la habitación, Cal? —quiso saber Eddie—. Déjame adivinar… —Movió el índice—. ¿He dado en el clavo?

—Ojalá alguien te diera en la cabeza —murmuró Jake.

—Ha sido nuestra primera captura y la primera vez que me han drogado en serio. —El tono de Eddie era casi lírico—. Es un poco como el primer beso. Me pregunto si nos darán un certificado al volver a Spy High.

—Por el momento eso es sólo un deseo, Eddie —le recordó Jake—. Así que cállate y concéntrate. Todavía tenemos que encontrar a los demás.

—Entonces registremos cada habitación —dijo Cally.

Así lo hicieron. No les llevó mucho tiempo. Aparte de las habitaciones en que habían estado, el resto no permanecían cerradas con llave y no había rastro humano en su interior.

—A lo mejor los liberó —sugirió Eddie débilmente—. Vamos a ver, ¿a quien le gustaría tener a Ben cerca?

—No seas estúpido —Jake frunció el ceño—. Sea para lo que sea, Averill nos quiere a todos juntos.

—Entonces, ¿dónde están? —Cally estaba preocupada—. ¿Qué les habrá pasado a los demás?

Siempre que Lori se despertaba, su primer movimiento instintivo era pasarse la mano por la cara. No sabía por qué, tal vez para ver si todavía seguía en su sitio, todavía era la suya y todavía era tan bonita como siempre. Cuando lo intentó entonces y se dio cuenta de que no se podía mover, supo que estaba en apuros.

—Bienvenida, cariño. —El doctor Averill estaba de pie mirándola desde arriba, con sus dedos pálidos entrelazados como larvas—. Bienvenidos todos a la vigilia.

Lori estaba atada, ahora lo sabía. La habían dejado tumbada en una mesa metálica con correas de cuero que aprisionaban sus brazos, piernas, tronco y cuello… como una paciente temerosa en un quirófano inquietante. Alrededor de ella, la habitación parecía tan incómodamente metálica como la mesa, gris y sin alma. Sin duda Averill había escogido personalmente la decoración. Movió los ojos hacia la derecha y la izquierda: Ben y Jennifer estaban uno a cada lado, con los ojos abiertos, mirando. Los tres luchaban contra las correas.

—Averill, espera a que me…

La amenaza de Ben quedó rápidamente diluida por su imposibilidad de moverse. Agitaba inútilmente su cuerpo para liberase. Los acontecimientos no se estaban desarrollando a su gusto, en absoluto. Él era el líder del Equipo Bond, ¿no se daba cuenta Averill? Su papel era luchar hasta el último momento y salvar a sus compañeros encarcelados, y no estar atrapado a merced de un loco, como un pavo atado para la cena de Navidad.

—Me temo que no puedes escapar —dijo Averill en tono casi apesadumbrado—. Estáis escatimando vuestras fuerzas al intentarlo, y puede que os hagan falta más tarde.

Jennifer imitó a Ben y se puso a enumerar con todo detalle y en voz muy alta las cosas que le haría a Averill si no los soltaba inmediatamente. El doctor pareció ofendido.

—Ese lenguaje no es propio de una jovencita como tú —contestó—. ¡Vaya educación tienen los jóvenes hoy en día!

Por lo menos Jennifer y Lori parecían estar ilesas, pensaba Ben. Todos estaban bien y mientras así fuera, aún tenían posibilidades. «Tened paciencia. Estad alerta. Esperad el fallo inevitable.» ¿Pero dónde estaban los demás?

—Siento lo de las correas —dijo Averill de forma magnánima—, pero quería tener una pequeña charla antes de ponernos a trabajar, y no creo que hubieseis accedido sin que os… ¿cómo lo diría?… sin que os echase una mano.

—¿Quién eres? —le preguntó Lori, lo más agresivamente que pudo—. ¿Qué quieres de nosotros?

Otra risita aguda.

—Ah, todo a su tiempo —contestó Averill—. Merece la pena la espera.

Frustrada, Lori miró su cuerpo. De pronto se dio cuenta de que ya no vestía su propia ropa sino una malla negra ajustada. Jennifer y Ben también llevaban un atuendo similar, como si estuviesen a punto de ir al gimnasio. De alguna manera la hacía sentirse más indefensa, más vulnerable. Por otro lado faltaban Cally, Eddie y Jake. ¿Por qué no estaban también allí? ¿Averill les habría hecho algo? Los ojos se le empañaron de lágrimas al pensarlo.

Averill se inclinó hacia ella con cara de pena y le secó las lágrimas con su dedo en forma de gusano, suavemente, casi con amor. Se chupó la yema y le dijo:

—Intenta no estar triste, mi querida niña —aconsejó—. No te va a ayudar. Y si te preocupa que tu pudor femenino haya sido ultrajado, no temas. No fui yo quien te vistió con algo más apropiado para la ocasión, jamás me hubiese tomado esas libertades: fueron mis obedientes asistentes.

Aparecieron en la visión de Lori, castañeteando los dientes de manera mecánica. Eran como hormigas que hubiesen evolucionado tras un millón de años, de tamaño humano, con brillantes cuerpos negros y delgadas patas que se movían por el aire. Sin embargo, en sus bocas tenían dientes y lenguas humanas, y rayas rosadas entre los segmentos de sus cuerpos, como si fueran antiguas cicatrices.

Lori luchó para no darle el placer de oírla chillar, pero en su cara se podía ver el odio.

Averill seguía impasible. Acariciaba los caparazones de las criaturas hormigas como un padre acaricia el cabello de su bebé.

—¿Hermosas, verdad? —dijo admirado—. Uno de mis mejores logros. Diseñadas para trabajar sin rechistar y sin cesar, como las hormigas del campo, desde el primer momento de sus vidas hasta el último. Son una nueva raza sumisa, que obedece ciegamente a su creador, sin cuestionarse nada.

El doctor suspiró admirándose a sí mismo.

—Mis niñas.

—¿Tus qué? —soltó Jennifer.

—¡Estás enfermo! —aportó Ben.

—Siempre se ríen de los genios —declaró Averill orgullosamente—. Nadie es profeta en su tierra. Esa es la razón por la cual os he escondido mi auténtica identidad hasta ahora.

—¿Por qué, quién eres? —le preguntó Ben con tono despectivo—. Porque a mí se me ocurren algunos motes que te irían bien.

—Oh, Averill *es* mi nombre de pila —admitió el doctor—. Pero mi apellido tal vez os suene de algo. Tengo un ancestro muy notable, lo comprenderéis. Se llamaba Víctor. Víctor Frankenstein. Y yo soy su heredero.

Se dirigieron hacia la planta baja, avanzando uno tras otro sigilosamente, en las sombras, pegados a las paredes, buscando permanecer a cubierto, agachados y haciéndose gestos enérgicos para indicar que podían seguir avanzando. Se estaban adentrando en zonas del refugio que no habían visto hasta entonces. Jake, que en la ausencia de Ben había asumido naturalmente el papel de líder, les indicó que deberían analizar su siguiente movimiento.

—Tal vez deberíamos separarnos —susurró—. Así cubriríamos más zonas.

—La unión hace la fuerza —le susurró Cally a su vez—. Por lo menos hasta que tengamos algo más claro contra qué nos estamos enfrentando.

—Voto por la idea de Cally —apuntó Eddie.

Se oyeron voces masculinas, varias, que se aproximaban hacia donde ellos se hallaban.

Estaban en un salón similar a aquel donde habían sido drogados. Había una parrilla para un fuego de leña, pero en ese momento no había ningún tronco quemándose. Alrededor había grandes y lujosas sillas que parecían esperar el calor del fuego de un momento a otro. El Equipo Bond se escondió tras las sillas. Se quedaron quietos y silenciosos.

Las voces entraron en la estancia.

—Bueno, por lo menos ya está hecho.

Voz número uno, registró Jake, como un concursante de la televisión. Eso era lo que les habían enseñado. Si estás escondido y no puedes saber el número de tus enemigos, cuenta y registra sus voces, visualízalas por el tono, y sitúalas en la habitación por el volumen. Aprovéchate de sus palabras.

—Sí, bueno. La próxima vez, que se consiga a otro para hacerlo.

Voz número dos responde poco contento.

—Yo no me apunté para tener que recoger fiambres.

—Te apuntaste para hacer lo que fuera que te pidiese Frankenstein.

Voz tres, un leal. ¿Pero a quién acaba de nombrar? ¿Frankenstein? Jake y Cally se miraron desde la distancia. Se preguntó si su expresión de asombro sería similar a la de Cally.

—Y si fuera tú, no me quejaría en voz tan alta. Al buen doctor no le gustan las desobediencias.

¿El buen doctor? ¿*Averill*? ¿Averill era Frankenstein?

—¿Y qué va a hacer? —la voz dos no estaba muy convencida—. ¿Convertirme en una de esas cosas, en uno de sus *niños?*

Hubo una pausa. Perecía que algo le hubiese ocurrido a la voz dos.

—Bien, por lo menos ya está.

—Tampoco nos ha llevado mucho, ¿verdad? —dijo la voz uno, que tendía a ver el lado positivo—. Las bestias genéticas no han dejado mucho que limpiar. Yo creo que tuvieron más suerte que sus compañeros. Sí, seguro que es doloroso que te hagan pedacitos, pero por lo menos es rápido. Prefiero eso a que me sometan al gas y me conviertan en Dios sabe qué.

—Tienes razón —la voz tres habló otra vez—. Esos niños no saben lo que se les viene encima.

Jake se crispó. «Tampoco vosotros, mamones», se juró a sí mismo.

—¿Por cierto, dónde están? —preguntó la voz dos. Si él supiera… Jake estaba listo para la acción. Miró hacia Cally, quien parecía aconsejar prudencia. Tal vez aún podían averiguar algo importante.

—Los tres de arriba siguen sentenciados —aportó fríamente la voz tres—. Imagino que los oiremos pedir ayuda en cualquier momento. Frankenstein ya se ha llevado al chico rubio y a dos de las chicas a la factoría. Dijo que parecían los más prometedores. Quiere trabajar con ellos en primer lugar.

Jake apenas podía reprimirse; ya había oído suficiente.

—¿Dos de las chicas? —cuestionó la voz dos—. Espero que haya dejado a la chinita. A mí también me gustaría trabajármela un poco, ¿eh? —entonces soltó una risa cruel, pero la risa siempre significaba relajación, bajar la guardia. Jake se tensó.

—No me importaría un poco de salsa agridulce.

Jake dio un brinco.

Ahora le daban igual las técnicas de espionaje (observar y esperar), o lo que dijeran los demás, Grant, o quien fuese. Sólo le importaba Jennifer —y Lori y Ben. Sólo le importaba romperle los dientes a la voz dos.

Jake entró en acción, sin apenas percatarse de que Cally y Eddie lo seguían, ni del uniforme gris de los hombres de Frankenstein, ni de que llevaban rifles láser y que dos de ellos afortunadamente los habían dejado sobre la mesa. Por lo tanto el hombre armado era su prioridad. Con una patada hizo volar el arma por los aires y eso permitió a Jake avanzar, aprovechándose del factor sorpresa. Cally y Eddie iban detrás. Cally rodó como un barril contra las piernas de su oponente, y lo hizo caer como un árbol. Eddie saltó por encima de una silla dando una patada con ambos pies en la barbilla del tercer hombre, tan fuerte que la cabeza casi se le despegó de los hombros.

Sin embargo, el oponente de Jake resistía con firmeza. Tenía que intentar algo diferente, una treta. Enlazó su pierna por detrás de las pantorrillas del hombre y a la vez lo agarró por el pecho con el antebrazo. El tipo se desplomó hacia atrás, tal como había planeado. Pero Jake no se felicitó. Todo lo contrario.

El hombre había caído al lado de su rifle láser y se disponía a levantarse con éste en la mano. Ahora lo apuntaba al centro del pecho. Y Jake no podía hacer nada.

—Tienes que estar más loco de lo que pareces —se burló Ben—, lo cual ya es bastante. ¿Frankenstein? Imposible. Frankenstein no era más que el personaje de un libro.

El doctor Averill Frankenstein asintió, divertido.

—A veces —dijo— la verdad es tan cruda, tan inacepta-
ble para la sociedad, que sólo se puede contar como fic-
ción. Pero Mary Shelley sabía que no estaba relatando una
historia, sino el experimento científico más grande jamás
intentado, la vuelta a la vida de los muertos.

—Entonces el tipo ese de la cabeza cuadrada y tornillos
en el cuello debe de andar por aquí, ¿no?

Una vez más esa risa aguda. Frankenstein parecía impasible a los ataques de Ben.

—Oh no, mi investigación ha tomado una dirección dis-
tinta a la de mi venerado ancestro —dijo—. La marca del
genio es la originalidad, y emularlo no habría tenido grandes resultados para mí. Además, merodear por los cemen-
terios, tener que coser cuerpos de segunda mano…

Frankenstein mostró su falta de interés en el tema sacu-
diendo sus largos dedos.

—No, eso no era para mí. En cambio, decidí ayudar a la
humanidad de otra manera.

—¿Ayudar? —Ben se preguntaba si no había oído mal—.
¿Con estas *cosas*, estos monstruos? ¿Acaso tienes un diccionario distinto al de todos nosotros, Frankenstein? ¿Sabes lo
que significa ayudar?

Frankenstein asintió, tolerante.

—Estás siendo muy duro con mis niños, joven. No son
monstruos, son mutaciones, mutaciones genéticas. Gracias
a mi genio natural y a algunos recambios que mis niños li-
beraron de diversas instalaciones, he llegado a manejar los
secretos del mismísimo ADN. Toda la vida es mía, para que
juegue con ella como me dé la gana. Admito que el proceso de mutaciones genéticas no está del todo perfeccionado,
pero no se puede hacer una tortilla sin romper los huevos
primero, ¿verdad que no? Y con el progreso que ya he alcanzado, ¡qué obsequio le ofrezco a la humanidad! Mis ni-

ños guerreros, a algunos ya los conocisteis anoche, salvajes como bestias y crueles como los humanos... ¡Qué ejército formarían en tiempos de guerra! Y mis niños insectos, trabajadores infatigables al servicio del hombre. Y esto es sólo el principio.

—¿No podría ser el final? —dijo Ben—. No creo que aguante mucho más.

—Es asqueroso —añadió Jennifer.

—¿Y tú, qué, cariño? —Frankenstein le preguntó a Lori—. ¿Compartes la visión tristemente estrecha de tus compañeros? ¿Te provoca repulsión mi trabajo?

—Iba a decir que has creado una raza de monstruos, Frankenstein —dijo Lori fríamente— pero el único y auténtico monstruo que veo aquí eres tú.

—Bien, tal vez cambiéis de opinión si os muestro algo de mi trabajo en curso. Tenemos tiempo.

El doctor consultó su reloj.

—Un poquito de tiempo —se dirigió a sus hormigas humanas—. Liberadlos.

Los mutantes manosearon las correas de cuero, y las desataron, lo que permitió a los chicos ponerse en pie, tambaleándose. Las criaturas de Frankenstein los rodearon; dos individuos por cada chico, lo que bloqueaba cualquier posibilidad de escapar.

—Libres hasta cierto punto, ya me entendéis.

Frankenstein se frotó las manos harinosas.

—¿Dónde están nuestros amigos? —quiso saber Lori.

—Oh, no os preocupéis por ellos. Vuestros amigos no van a venir.

—¿Qué quieres decir? —Lori intercambió una mirada de temor con Jennifer y Ben.

¿Y si los otros estuvieran muertos? De pronto le pareció obvio que lo estaban, que los habían perdido. Se sintió confusa, la habitación daba vueltas. Los repulsivos cuerpos de los insectos la acorralaron. No podía más. Caer inconsciente hubiera sido una bendición, someterse a la oscuridad y no despertarse jamás. Unas manos fuertes la sujetaron. Jennifer y Ben, ambos con una determinación de acero en la mirada. Por supuesto que no se podía rendir. Por supuesto que tenía que aguantar. Era una estudiante de Spy High y la habían entrenado para eso.

—Seguimos en la cabaña, comprendéis —informó Frankenstein—, pero éstos son mis laboratorios y mis salas de experimentos, donde nacen mis criaturas. Mis hombres lo llaman la Factoría Frankenstein. Es una pequeña broma suya.

—Deben de ser muy graciosos esos tipos —farfulló Jennifer.

—Pero ahora, por favor —indicó Frankenstein—, seguidme.

—¿Es una visita guiada o qué? Espero que haya una tienda de recuerdos. —Ben levantó el puño a escondidas para que lo vieran Jennifer y Lori. Por ahora le habían seguido el rollo al doctor, pero ya llegaría su oportunidad. Tenía que ser así.

Frankenstein los guió por un pasillo oscuro. Una luz lateral a nivel del suelo les indicaba el camino, pero no se veía nada a los lados. Ben se preguntaba si tal vez no sería el momento de escapar, pero las hormigas mutantes que los rodeaban estaban muy cerca y eran demasiadas.

Pasaron por delante de sombras que se movían lentamente y sintieron los pasos arrastrados de extrañas formas de vida. Escucharon gemidos, lamentos y quejidos desesperados junto con el repiqueteo en unos barrotes.

¿Ante qué nuevo horror se encontraban?

Lori no quería saberlo, ni tampoco verlo.

Pero los ojos de Frankenstein brillaban en la oscuridad.

—Aquí nos encontramos ante los tanques de observación de los sujetos —dijo con una mirada de orgullo—. Hasta que la mutación se completa y se estabiliza, aquí es donde guardo a mis niños. Es como un jardín de infancia, en cierto modo. Tal vez os gustaría mirar.

En absoluto, cualquier cosa menos eso. Lori sintió una mano humana agarrar la suya. Era Ben.

—Encended las luces —ordenó Frankenstein.

Y vieron.

Iba a morir. Ahora mismo. Ni siquiera le iba a dar tiempo de recorrer su vida en un instante, y no es que Jake hubiera vivido muchos años.

El empleado de Frankenstein estaba a punto de apretar el gatillo, a la vez que sonreía. De pronto sus ojos giraron en sus órbitas y cayó al suelo aturdido, con un lamento.

Cally estaba tras él, agarrando un rifle de láser por la culata.

Después de todo parecía que Jake no iba a morir. Por lo menos, no todavía.

—Gracias —le dijo.

—No hay de qué.

Jake pensó que debía haber dicho algo más, como que estaba muy contento de que Cally hubiese decidido quedarse, pero cualquier cosa que dijera al respecto podía ser malinterpretada. Era más fácil dirigir su atención hacia el único de los hombres de Frankenstein que seguía consciente, incluso con Eddie colgado de su pecho.

—¿Dónde están nuestros amigos? —esperaba que su tono fuese lo bastante convincente. Para añadir énfasis, agarró un rifle láser del suelo.

—Llegáis tarde —dijo la inconfundible voz dos, incluso con la boca llena de sangre en vez de saliva—. Ya no los podéis salvar.

—No te he pedido una opinión, majadero, te he preguntado dónde están —Jake posó el cañón del rifle en la frente del hombre—. Y a no ser que quieras ventilación extra en los sesos, más te valdría contestar rápido.

—No matarías a un hombre a sangre fría —apostó la voz dos—. No eres más que un crío.

—¿Ah, sí? —con un solo movimiento, Jake levantó el rifle y disparó a la silla más cercana. El láser la partió por la mitad. Volvió a poner el cañón del rifle contra la frente del hombre, ahora sudorosa.

»Pero no me van a juzgar, ¿verdad?

—Jake… —Cally le advirtió.

—Te lo voy a preguntar una vez más, con educación —Jake parecía no haber escuchado—. ¿Dónde. Están. Nuestros. Amigos?

Eddie miró a los ojos de Jake. Estaban llenos de furia. Estaba contento de que Jake estuviera de su lado, pues era evidente que hablaba en serio. Si fuese necesario, Jake dispararía de lleno al cráneo del hombre.

La voz dos había llegado a esa misma conclusión.

—Frankenstein se los ha llevado a su fábrica. A su laboratorio.

—¿Dónde?

—Por aquí —intentó hacer un gesto con los ojos—. A través de la pared.

Cally se dirigió rápidamente a la pared más lejana. En ella colgaban cuadros y se apoyaban muebles. Parecía bastante sólida, hasta que el brazo de Cally la atravesó como un fantasma.

—Un holograma.

—Me pregunto si tiene el mismo proveedor que Deveraux —dijo Eddie.

La cabeza de Cally atravesó el muro.

—Tiene razón, es por aquí.

—Vale. ¿Por qué...? —Jake no había terminado del todo su interrogación—. ¿Por qué se los ha llevado Frankenstein a su laboratorio?

—Mutación, por supuesto —se rió la voz dos—. ¿De dónde crees que vienen esas criaturas de ahí fuera? Si alguna vez encontráis a vuestros amigos, no los vais a reconocer.

—¿No? Bueno, ni tu propia madre te va a reconocer tampoco —el dedo que Jake apoyaba en el gatillo tembló.

—Espera —Cally lo calmó—. Dinos cómo contactar con el exterior.

—No se puede. Los únicos comunicadores están en la fábrica. Pregúntale a Frankenstein si puedes hacer una llamada; seguro que estará feliz de poder ayudaros.

—¿Y qué hay de...? —la mente de Cally se aceleraba. Al igual que Jake, quería ir a buscar a los demás inmediatamente y salvarlos, pero ¿y si fallaban como en el programa Stromfeld? ¿Y si no eran lo bastante buenos? Necesitaban un plan de contingencia. Spy High y las autoridades debían saber sobre aquel perturbado y sus experimentos enfermizos—. ¿Y qué hay del transporte? ¿Cómo os desplazáis?

—Tenemos aerobicis, niña. ¿Por qué? ¿Os vais a escapar o qué?

—A lo mejor te lo decimos cuando despiertes.

Cally miró a Jake y asintió. Jake le dio la vuelta al rifle y le asestó un fuerte golpe en la cabeza.

Eddie ya no tenía que sujetarlo. Se puso en pie y agarró el último rifle láser.

—¿Lo habrías hecho, Jake? —le preguntó Cally, no muy

segura de querer saberlo—. Si no hubiese hablado, ¿le habrías disparado?

Jake sonrió levemente.

—¿Lo habrías hecho?

—Bueno, dejemos los dilemas morales para más tarde, ¿vale? —Eddie estaba impaciente—. Los otros nos necesitan ya.

—No, Eddie —dijo Jake—. En eso te equivocas.

—Reptiles —explicó Frankenstein—, es lo único que nos queda de los dinosaurios. Acorazados de sangre fría. Tienen aplicaciones muy útiles, desde tropas de batallones hasta mano de obra en terrenos hostiles. Mi programa está funcionando muy bien, como veis.

En uno de los tanques de observación había el cuerpo lánguido de un hombre de color verde moho, con la piel endurecida como una costra. Sus manos y sus pies ya tenían garras y membranas entre los dedos y se podía ver cómo su cabeza se transformaba incluso al mirarla, a medida que la mutación se iba desarrollando en él. Separó los labios y dejó ver una fila de dientes de cocodrilo. Su garganta emitió un lamento perdido y solitario.

—Lágrimas de cocodrilo —apuntó Frankenstein.

En el siguiente tanque, más horrible aún, había alguien que el Equipo Bond reconoció, una cara conocida. El cazador, Dan, ya no fanfarroneaba ni era valiente. Y su barba se le caía como piel muerta.

—Tenemos un problema —admitió el doctor— y espero que me podáis ayudar. Serpiente y humano. El ADN sencillamente no combina como quisiera. El problema son las extremidades. Los mutantes sin piernas no son un buen producto comercial, cualquiera que sea su función. Y como veis, ni siquiera yo he sido capaz de producir un tipo de gas genético capaz de crear una criatura con forma de serpiente y que a su vez mantenga la mayor parte de los miembros humanos.

Ya lo veían. Veían que por el cuerpo de Dan crecían escamas de serpiente, que le subían por el cuello hasta la nuca. A cada lado le colgaban los brazos cosidos e inútiles, y lo que le quedaba de piernas ahora parecía una cola informe.

—Es muy frustrante. Estoy seguro de que lo entendéis —suspiró Frankenstein— y ya estoy tan cerca en todos los demás aspectos. Ah, en fin, entre el hombre y la serpiente siempre ha habido enemistad, ¿no es así? Desde el jardín del Edén. Pero nosotros los creadores nunca nos damos por vencidos. Ahora seguidme. Os queda una zona por ver.

Frankenstein dirigió a los jóvenes, conmocionados por lo que habían visto, hasta el final del pasillo, pasando por delante de diversos tanques de observación. No era tentador mirarlos. El pasillo se abría en forma de laboratorio circular donde había una sala de control. Los ordenadores y pantallas recordaban bastante al centro del programa Stromfeld, pensaba el Equipo Bond, pero aquí la parte central era un gran cubículo de vidrio conectado a tantos cables y tubos que parecía una UVI. Lori se preguntó para qué serviría. Sospechosamente, era lo bastante grande como para que varias personas cupiesen dentro. Un puñado de técnicos, asistentes de Frankenstein, pero por lo menos humanos, se aproximaron al cubículo como para preparar algo.

—El mismísimo cubículo de genes —anunció Frankenstein acariciándolo tiernamente con sus dedos de cera—. Como un gran vientre que da vida a los niños de Frankenstein.

—Este sitio... —Lori hizo un esfuerzo—, ¿cómo pudo crearse este manicomio?

—Oh, te sorprenderías, cariño —dijo Frankenstein—, al saber quiénes han estado dispuestos a financiar un trabajo filantrópico e innovador como el mío, especialmente desde que se impusieran esos molestos Protocolos de Schneider. Incluso los gobiernos se apresuraron para ver los beneficios militares y domésticos de mis niños —su expresión se ensombreció por un momento—. Desafortunadamente, tengo que admitir que el apoyo de estas fuentes no ha sido muy significativo en este último tiempo. Sólo algunas pocas quejas infantiles sobre mi forma de obtener sujetos. Como si no les hubiera sugerido ya vaciar sus prisiones y hacer de los criminales seres de bien, por una vez en sus malditas vidas.

—Eres todo corazón —dijo Ben con ironía.

El doctor se encogió de hombros.

—La grandeza no es para hombres con mentes pequeñas. Os gustará saber que me han contactado desde otra organización, la cual aprecia el tipo de futuro que mi trabajo puede aportar al hombre, sin restricciones por miedo o escrúpulos.

—Tecnoterroristas —apuntó Lori.

—Libre pensadores —corrigió Frankenstein. Miró de nuevo su reloj—. Pero podréis juzgarlo por vosotros mismos. En cualquier minuto me llamarán de CAOS. Tienen muchas ganas de trabajar conmigo y tienen en mente varias aplicaciones para mis niños, pero antes de comprometerse comercialmente quieren una demostración.

—¿Una demostración? —Ben sintió que se le congelaban las palabras en la garganta—. ¿De qué?

—El cubículo de genética está listo, doctor Frankenstein —le informó un asistente.

—Gracias, Davis —Frankenstein volvió a emitir una de sus típicas risas agudas, la cual hizo que a Ben se le helara la sangre—. Quieren ver cómo funciona mi gas genético, claro está. Quieren presenciar una transformación en vivo. Y para mostrarles mi buena fe, quiero que vean más de una.

—¿Qué quieres decir?

—Oh, pero ¿no lo habéis adivinado aún? —Frankenstein parecía casi decepcionado—. ¿Por qué pensáis que os he traído hasta aquí? *Vosotros* sois la demostración.

4

Eddie puso en marcha la aerobici y aceleró hacia el bosque. La cabaña se hizo pequeña en la distancia, hasta desaparecer del todo. No era un sitio al que quisiera volver.

Supuso que Jake tenía razón. Alguien tenía que contactar con Spy High e informar a Deveraux y a Grant sobre lo que estaba ocurriendo en el corazón del Wildscape. Alguien tenía que ir a buscar refuerzos, al estilo aerobici. Y claro, Eddie era el mejor corredor de todo el Equipo Bond, aunque Cally no se quedaba muy atrás. Aun así, Eddie no podía dejar de cuestionarse si no sería algo más que una confianza ciega en sus habilidades lo que había hecho a Jake asignarle esta misión. También podía tratarse de tener a su lado a una chica mona en vez de a él. La forma en que Cally miraba a Jake a veces delataba que si no había ya algo entre ellos no era porque ella no quisiese, lo cual dejaba al pobre Eddie Nelligan fuera del terreno de juego. Como ahora.

Se concentró en el navegador que estaba entre los manillares de su aerobici. Era como un sistema de radar que le mostraba dónde estaba en relación a su entorno más inmediato. Había tecleado ya el destino deseado, el puesto de control. La bici lo llevaría hasta ahí automáticamente. Entonces llamaría a Spy High y ellos avisarían al ejército. Fin del problema. Teóricamente, todo lo que tenía que hacer Eddie era relajarse y disfrutar del viaje. Teóricamente.

Un montón de luces rojas de alarma se encendieron en el navegador. Eddie tenía compañía, y se acercaba a gran velocidad. Y dudaba que fuera amistosa.

Miró hacia atrás y vio haces de luz verde entre los árboles, a cada lado. Eran los hombres de Frankenstein, por lo menos cuatro de ellos, montados en aerobicis de ataque. Un dardo láser salió disparado desde la manada de perseguidores, e incineró un arbusto que estaba muy cerca de él.

Eddie apretó los dientes y se agarró con fuerza. Parecía que al final tendría que trabajar un poco.

—¿Y ahora hacia dónde?

Jake notó la mirada inquisitiva y expectante de Cally. El pasillo que habían seguido llegaba entonces a una bifurcación. Derecha o izquierda. Cable rojo, cable azul. De alternativas tan sencillas como ésas dependían unas vidas, y no cualquier vida esta vez, sino la de Jennifer. Y la de Lori y la de Ben. Tal vez hubiese sido mejor que Stanton estuviese en su lugar y que Frankenstein lo tuviese retenido a él, pensaba Jake.

—¿Jake? —le preguntó Cally con urgencia—. ¿Hacia qué lado?

—Izquierda —dijo Jake.

—¿Por alguna razón en particular?

—Ninguna.

El pasillo continuaba de la misma manera que Cally y Jake habían notado al entrar en el laboratorio de Frankenstein. Se iba inclinando ligera y paulatinamente hacia abajo.

—Debemos de estar bajo el nivel del suelo —observó Jake—. ¿No te recuerda a Spy High, la verdad escondida?

—Spy High existe para ayudar a la gente —dijo Cally—, para ayudar al mundo si es necesario. Este sitio, si Frankenstein es responsable de esas criaturas que nos atacaron...

—Sin duda alguna.

—En ese caso este sitio es una atrocidad —Cally apretó su rifle de láser—. Y nos ha tocado hacer algo al respecto.

Cally pensó esperanzada que Jake la miraba con admiración. El corazón le latió más fuerte, y no sólo por la cercanía del peligro.

De pronto se oyeron unos gruñidos que provenían de más adelante. Se pararon en seco y escucharon unas voces humanas: «No paréis, bestias, estúpidos mutantes. No se por qué Frankenstein se toma la molestia».

—A lo mejor la derecha hubiese sido mejor idea —murmuró Jake.

—Estamos armados —susurró Cally—. ¿Los atacamos?

Jake deliberó.

—Nuestra prioridad es encontrar a los demás. Volvamos hacia atrás.

Pero ahora también se oían voces detrás de ellos: «No va a estar contento. No le gustan las sorpresas».

—Entiendo cómo se siente —murmuró Jake.

Cally tiró de su manga y apuntó. Una puerta en un recoveco de la pared. A lo mejor era un almacén o un lugar igualmente útil para esconderse hasta que pasara el tráfico.

—¿Entramos?

—Será lo mejor, creo.

Cally activó el mecanismo de entrada. La puerta se abrió. Jake y ella se colaron por ella.

Reinaba una oscuridad total y un silencio absoluto, lo

cual convenía a los dos intrusos. Pero había algo más, una presencia. No estaban solos.

Por algún motivo, tal vez porque entraron, se habían activado las luces, que eran pálidas y rojas.

En ese momento, las creaciones de Frankenstein se mostraron ante ellos.

—Doctor Frankenstein, es un placer hablar con usted por fin.

La cara que había aparecido hacía unos segundos en la pantalla gigante no daba ningún indicio de su identidad física. Cualesquiera que fuesen los auténticos rasgos del hombre estaban distorsionados por una máscara que parecía el negativo fotográfico de una cara humana, cubierta de escamas grises y en constante movimiento. Lori lo miró y se dio cuenta de que ya sabía todo lo que le hacía falta. Este tipo y Frankenstein se iban a llevar muy bien.

De hecho, viendo la forma en que el doctor posaba coqueto, a lo mejor terminaban casándose.

—Igualmente —asintió sonriente, liando y desliando sus dedos como si fueran lazos blancos—. Un distinguido privilegio. Pero me temo que usted juega con ventaja. ¿Cómo debo llamarlo?

—Los nombres no son importantes —dijo Negativo—. Los nombres son parte de la sociedad racional y ordenada que rechazamos y despreciamos. Basta con saber que somos miembros de CAOS, y caos será lo que traigamos al mundo.

—Una finalidad admirable —Frankenstein contestó adulado. «Si las botas de Negativo estuvieran en la pantalla», pensó Lori, «Frankenstein se las estaría lamiendo»—. Y con ese propósito quiere conseguir a algunos de mis niños, espero.

—Eso es lo que se decidirá tras esta comunicación.

—¿Qué clase de nombre es ése? ¿CAOS? —Ben pensó que era el momento de llamar la atención, y esperó que Lori y Jennifer hicieran lo mismo. Tenían que hacer que Frankenstein y el enmascarado siguieran hablando, retrasar la *demostración,* dar una oportunidad a que algo los salvara.

»Huele tan mal como vuestra actitud. Ya me lo imagino, vuestros padres nunca os comprendieron.

Eso fue todo lo que Ben tuvo tiempo de decir antes de que Frankenstein hiciese un gesto enfadado a sus hormigas mutantes y éstas lo atraparan y le taparan la boca. Lori y Jennifer intentaron ayudarlo, pero estaban inmovilizadas. Aunque a lo mejor Ben ya había hecho bastante.

—¿Quiénes son estos jóvenes impúdicos? —La imagen en negativo pestañeó y el individuo tras la máscara cambió de postura para examinar al Equipo Bond.

—Sus nombres tampoco tienen importancia —dijo Frankenstein—. No son nadie, sólo caminantes del bosque que ahora serán bendecidos con un nuevo destino. Volverán a nacer para aumentar la familia de Frankenstein.

—Suelta al chico. Deseo hablar con él un momento.

La furia enrojeció las mejillas de Frankenstein brevemente pero logró controlarse. Indicó que Ben podía hablar, no sin cierto resentimiento.

El agente de CAOS dirigió su mirada a Ben desde las sombras, al ser éste liberado por las hormigas guardianes.

—Pertenecemos a las Cruzadas por la Anarquía y el Odio Social —anunció—. Somos CAOS, somos el futuro. Somos *vuestro* futuro.

—Grandes palabras para alguien que no se atreve a mostrar su cara —respondió Ben—. ¿Y eso por qué? ¿La máscara te mejora?

El individuo rió entre dientes.

—Un jovencito provocador, ¿eh? —dijo—. Me pregunto si lo seguirás siendo una vez que el genio genético de Frankenstein empiece a trabajar contigo. Lo veremos muy pronto.

¿Pronto? Ben frunció el ceño. Pronto no era bueno. Miró hacia el pasillo, intentando visualizar a Cally, Eddie y Jake —sí, incluso aceptaría ser rescatado por Daly, dadas las circunstancias—, los tres entrando en el laboratorio empuñando sus rifles láser. Desafortunadamente para Ben, sus ojos eran realistas y no fantaseaban. Si las chicas y él salían de ésta, tendrían que hacerlo por cuenta propia. A Ben sólo le quedaba una carta que jugar.

En ese momento alguien irrumpió en el laboratorio. Era uno de los hombres de Frankenstein con un uniforme tan gris como su propia expresión. Parecía traer malas noticias. Y malas noticias para Frankenstein eran buenas noticias para sus cautivos.

El hombre susurraba algo al oído de Frankenstein y vieron cómo su semblante se ensombrecía. Luego los miró y, por primera vez, había desconcierto en sus ojos, incertidumbre, como si hubiese pasado algo que él no se esperaba en absoluto.

El agente de CAOS lo detectó.

—¿Sucede algo, doctor Frankenstein?

—Claro que no, claro que no —lo dijo dos veces como si eso hiciera sus palabras doblemente convincentes—. Un pequeño contratiempo inesperado, eso es todo, nada que deba preocuparnos.

—Los pequeños contratiempos suelen convertirse en mayores —le advirtió el hombre enmascarado—. Ésa es la naturaleza del caos.

Frankenstein vaciló ante la supuesta crítica. Dio unas órdenes y el empleado salió del laboratorio cautelosamente. Debe de haber algún problema, razonó Ben, y Daly y los demás deben de ser la causa. El aire de esperanza en las expresiones de Lori y Jennifer sugería que ellas también lo habían pensado. Sus posibilidades de salir vivos estaban aumentando. O tal vez no.

—Se lo aseguro —Frankenstein informó al agente—, estoy absolutamente al tanto de todo lo que sucede dentro de mi laboratorio.

—Eso está bien —contestó el agente— porque CAOS no se alía con incompetentes.

—Es más —añadió Frankenstein—, no parece haber motivo por el cual retrasar más nuestra demostración. Metedlos en la cámara genética. ¡Ahora!

Ben forcejeó hasta liberarse de los insectos que lo rodeaban, y gritó a Jennifer y Lori que hicieran lo mismo. Lo intentaron pero fracasaron. No podían contra tantas de las criaturas de Frankenstein.

La puerta de la cámara genética estaba abierta.

—Este último modelo de gas mutante —escucharon decir a Frankenstein— está ideado especialmente para combinar ADN de serpientes y de humanos. Estoy seguro que le fascinará el experimento y a nuestros inquietos sujetos les agradará saber que su sufrimiento constituirá una valiosa contribución al avance científico de la humanidad.

La puerta estaba abierta. No había posibilidades de escapar.

—Preparaos para la activación —anunció Frankenstein triunfante.

Jake y Cally cogieron sus rifles en posición de ataque.

—Si han de acabar con nosotros —dijo Jake—, que sea luchando.

—¡Esperad! —conminó una voz que provenía del grupo de mutantes que los amenazaba.

Jake no sabía si la orden iba dirigida a las criaturas o a Cally y a él mismo, pero había una autoridad en ella que hizo que todos obedecieran. El propietario de la voz dio unos pasos adelante. No se parecía a nada que Jake hubiese visto jamás. Los mutantes hasta entonces habían sido todos monstruosos, pero éste parecía de algún modo inacabado, incompleto. Su pellejo parecía haber sido arrancado de un rinoceronte de forma sangrienta para ser cosido de cualquier manera a su piel original, como láminas metálicas injertadas en su carne. Sus dedos y sus pies eran curvados, semejantes a colmillos. Los detalles humanos que quedaban en su cara, ojos y boca, se dirigían hacia los intrusos como si estuvieran atrapados tras una armadura. Ahora que los ojos de Jake se habían hecho a la oscuridad, se dio cuenta de que la media docena de seres que había en la habitación eran iguales, mitad hombres, mitad bestias, como monstruos de películas con el maquillaje a medias.

—Esperad. Esperad —repitió la criatura, aventurándose a acercarse. Sus brazos se extendían como en un acercamiento pacífico, pero Cally no sabía si fiarse. A lo mejor era un truco. Miró a Jake que parecía igual de confundido.

—No te acerques más —advirtió—. Sabemos cómo usarlos.

El mutante bajó la cabeza con resignación, derrotado.

—Claro que sabéis —dijo—, y yo sé dónde aprendisteis.

—¿Qué? —Cally sintió que el miedo se apoderaba de ella. ¿Qué quería decir la criatura?

—Os conozco. Sé quiénes sois —el mutante levantó la cabeza para asegurarse—. Cally. Jake. El Equipo Bond. Me acuerdo de vosotros.

—¿De qué estás hablando? —Los dedos de Jake querían

apretar el gatillo y terminar con aquella extraña conversación.

—¿Es que no me reconocéis? ¿Cómo es posible? —preguntó con una risa frágil y amarga—. Will Challis. Soy Will Challis.

—No —murmuró Cally—. No puede ser.

La criatura que había sido Will Challis asintió con la cabeza, mientras su gran caparazón chirriaba como bisagras oxidadas.

—Mi última misión no resultó muy bien —más risa forzada—. Los mutantes de Frankenstein me atraparon y me trajeron hasta aquí. Creí que me iban a matar. Pero fue peor aún. Esto es lo que hicieron.

Will se miró con repugnancia y luego miró a Jake y Cally esperanzado.

—¿Pero cómo me habéis encontrado? ¿Sois parte de una operación de Spy High?

—No exactamente —tras el choque inicial Jake consideraba nuevas posibilidades—. Es una historia muy larga, pero no podemos esperar ayuda de Spy High ahora mismo. Escucha, Will, tres de nuestros compañeros han sido capturados por Frankenstein.

—Y los ha llevado a la cámara genética —Will Challis adivinó desolado—. Entonces los habéis perdido.

—De ninguna manera —dijo Jake—. Los vamos a encontrar, los vamos a salvar y tú nos vas a ayudar. No conocemos el edificio, Will, ni sabemos dónde está la cámara genética. Pero imagino que tú sí.

—Yo sí.

—¿Entonces a qué estamos esperando?

—Una razón —dijo Will—. No hay razón para ello. No hay nada que podamos hacer. Mirad lo que me hicieron a mí, un veterano en misiones y vosotros sois sólo estudiantes de primer año. Lo mejor que podéis hacer es salir de aquí corriendo.

Jake avanzó hacia él enfadado, pero Cally lo contuvo poniendo una mano en su brazo y habló suavemente a lo que quedaba de Will Challis.

—Will, ¿por qué os tienen aquí? Las otras criaturas que hemos visto no parecían poder hablar, eran completamente salvajes. Pero vosotros…

—Oh, somos los intentos fallidos —respondió Will—. El gas genético que utiliza Frankenstein para convertirnos es todavía impredecible. Mutó nuestros cuerpos pero no tuvo gran efecto en nuestras mentes. Los que estamos aquí aún podemos pensar. Una parte de nosotros sigue siendo humana.

—Entonces comportaos como humanos —urgió Cally—. Ayudadnos, Will. Ayudad a nuestros amigos. Por favor.

Will Challis sonrió afligido y cuadró sus grandes hombros.

—¿Por qué no? Nos tienen aquí o para reprocesarnos o para deshecho. Ninguna de las dos parecen opciones muy atractivas. Os ayudaremos, Cally, Jake, aunque no tengamos posibilidad de ganar.

—Siempre hay una posibilidad —insistió Jake—. Siempre hay alguna manera. Tiene que haberla.

—A lo mejor la hay —la convicción de Jake había impresionado a Will Challis, a su pesar. Se irguió como un humano. Por primera vez desde su captura empezó a pensar como un agente secreto—. Tras una mutación con éxito, existe un proceso más. Frankenstein opera a sus niños. Les implanta un chip en el cráneo. Es lo que dijeron los guardas que nos traen comida. Así controla a los monstruos que ha creado. Si alteramos la señal, tal vez…

—Bien —Jake estaba tenso y preparado—. Comencemos entonces la alteración.

No servía de nada golpear el cristal con los puños y los pies descalzos. Seguramente nada hubiera cambiado si hubieran calzado botas de acero. El cristal era muy grueso. La cámara estaba sellada. No había salida.

—Se acabó —Lori sintió que temblaba involuntariamente—. No hay nada que podamos hacer. —Se volvió hacia Ben.

Él le guiñó un ojo como si se tratara de una película y ya hubiese leído la siguiente página del guión.

—Siempre hay algo que se puede hacer. Para empezar, se puede mantener la calma.

Frankenstein estaba explicándole algo más al agente de CAOS, pero en la cámara no entraba ningún sonido exterior. Esto parecía venirle a la perfección a Ben.

—Especialmente —sonrió—, cuando al menos un agente secreto previsor cuenta con una nitroúña en el dedo corazón de la mano derecha.

—Oh, Ben… —Lori lo debía haber imaginado. Ojalá se le hubiese ocurrido a ella ponerse una.

—Pero aún no hay señal de los otros.

Jennifer vigilaba el pasillo.

—Con un poco de suerte, no nos harán falta los otros —aseguró Ben, un poco decepcionado por no haberla impresionado con su previsión. No importaba. En breves instantes demostraría su valía como líder del Equipo Bond, haciendo estallar la trampa más mortal en que habían caído, y liberándose. En aquel momento, cuando el buen doctor todavía estaba distraído, Ben despegó su nitroúña y la estampó contra el vidrio de la cámara genética.

»Hacia atrás. Detrás de mí —dijo con tono protector—. Y preparaos para la lucha más cruenta de nuestras vidas.

La nitroúña estalló. Sin embargo, las paredes de vidrio de la cámara genética no lo hicieron. Alguna que otra pequeña apertura en forma de telaraña, pero ningún agujero, ningún vidrio roto. Ninguna salida. Mínima esperanza.

Afuera, Frankenstein saludó a sus prisioneros con sus dedos como gusanos. Al menos no le dio por lanzar una risita.

Ben se abalanzó desesperadamente contra el vidrio dañado con todo su peso, golpeándolo con el hombro.

—A lo mejor se puede… —pero ya no lo creía.

—Jake, Cally, que alguien nos ayude… —Jennifer estaba rogando y esta vez Ben no podía culparla.

Lori se agarró a su brazo.

—¿Ben? ¿Crees que… dolerá?

Ben no contestó.

Frankenstein apretó un interruptor. Aplaudió su propia acción.

Un ruido. Un silbido constante, como el público de una pantomima recibiendo al villano, como un enredo de serpientes.

—¿Qué es eso? ¿Qué es? —pero Jennifer ya lo sabía.

Lori se agarró de Ben más fuerte cuando lo sintió entrar por las rejillas del suelo y dirigirse traidoramente hacia ellos. El gas genético.

«Esperad», pensaba Jake mientras se precipitaba por los pasillos. «Jennifer, Lori, Ben. Esperad. Sea lo que sea que os esté haciendo Frankenstein, aguantad. Estamos cerca. Cally y yo. Estamos cerca y vamos a llegar.»

Ahora conocían el camino. Tenían aliados; Will Challis y sus mutantes compañeros de celda iban con ellos. Tenían una especie de plan, al menos una vaga idea de cómo debilitar a Frankenstein. Tenían una posibilidad. Y nada todavía se había interpuesto en su camino. Seguro que la cámara genética estaba cerca. Quizá fuera más fácil de lo esperado. Quizá no hallasen resistencia. Tal vez...

Irrumpieron en la sala donde los otros habían despertado, una especie de quirófano. Y entonces Jake se encontró ante una hilera de matones a los que tendrían que enfrentarse.

Se acabaron los *quizás*. ¡A ponerse las pilas!

Una descarga de disparos láser alcanzó a la primera fila, mató a uno de los mutantes instantáneamente e hirió a otros dos.

—¡A cubierta! —gritó Jake tirándose al suelo. Cally hizo lo mismo y se refugió tras unos ordenadores.

»¡Detrás de nosotros! —Jake ordenó a Will Challis y a los demás—. ¡Os protegeremos!

Debió haber dicho «lo intentaremos». Sólo dos rifles de láser contra todos los del regimiento de Frankenstein, de pie al otro lado de la sala como si hubiesen estado esperando esta incursión.

—¡Somos muy pocos! —anunció Cally.

—No me digas —Jake decidió verle el lado positivo—. Así tenemos más blancos a los que disparar.

Cally y él eran muy buenos tiradores. Comenzaron a demostrarlo, abatiendo a sus oponentes en medio de una lluvia de explosiones de láser. Los secuaces de Frankenstein sólo eran su apoyo logístico. Jake y Cally eran estudiantes de Spy High. Pero aunque fueran mejores tiradores, no podían permitirse permanecer allí por mucho más tiempo.

Will Challis le gritó al oído a Jake entre el ruido del tiroteo:

—¡Apunta a los ordenadores! ¡Aquí es donde Frankenstein opera a los mutantes! Sus chips de control están conectados con los ordenadores. ¡Destrúyelos!

Jake asintió en señal de haber comprendido.

—¡Cally! ¡Cúbreme!

—¿Qué? —«Fácil de decir», pensó Cally mientras el calor del fuego enemigo le rozaba el pelo, pero sabía que Jake tendría sus razones. Confiaba en él. Incluso cuando empezó a disparar a la consola. El resultado fue un montón de llamas y explosiones. Lo que no podía adivinar era cómo eso iba a ayudarles y parecía que la cosa iba a peor. Los hombres de Frankenstein se hacían señales. Parecía que las acciones de Jake los forzaban a cambiar de táctica. Las criaturas que irrumpieron en la sala no necesitaban seguir órdenes. Sabían lo que tenían que hacer, al igual que un predador conoce instintivamente su presa. Un mutante con alas de murciélago. Un mutante con cabeza de mono. Era como lo que ya habían vivido, y ahora que Cally estaba armada y sabía a qué atenerse, no le importaba encontrase de nuevo con las criaturas del bosque. Recordaba los cuerpos de los cazadores. Ahora los mutantes se cernían sobre ella con intenciones asesinas. ¿Podría combatirlos a todos?

Tal vez no hiciera falta. Con un grito angustiado de dolor y odio, Will Challis se adelantó y se lanzó a la carga. Sus compañeros mutantes se unieron a él. Los aullidos, gruñidos y gritos reverberaban en la sala como si se tratase de mil maníacos. Después vino el espantoso crujir de cuerpos en un combate sin piedad ni perdón, con garras y dientes que rasgaban la carne, de donde brotaban brillantes chorros de sangre que manchaban las paredes. En el aire se respiraba pánico y dolor, y los quejidos salvajes de los que morían.

Cally no sólo disparaba a los hombres de Frankenstein, sino también a sus criaturas. Se levantó una ola de humo, que le irritó los ojos. Apenas se dio cuenta de que su muslo estaba herido y sangraba.

Los ordenadores estallaban a su alrededor.

Era una carnicería, una gran confusión. A pesar de la defensa de Will, las criaturas siguieron llegando. Tarde o temprano, los disparos láser los alcanzarían. No podían quedarse ahí. No era posible.

Ahora era el turno de Eddie.

Los tres que iban por delante de él estallaron en llamas tan cerca que pudo sentir el calor en su piel. Eddie giró para evitar el fuego, y se abrasó la pierna, pero nada lo hubiera detenido.

¿Este tipo no se cansa nunca?

Para ser justos, los otros lacayos de Frankenstein, tampoco se habían *cansado*. Sólo que era un poco difícil continuar la persecución cuando se había chocado con la aerobici y lo único que se podía hacer era gesticular y amenazar con el puño a la posible víctima. Eddie les hubiera hecho un gesto de despedida para ser educado, pero le habían surgido otras ocupaciones.

Y seguía en ello.

Este último tipo era como una lapa. Parecía estar atado a la bici de Eddie, y sus disparos láser se acercaban cada vez más. Eddie no podía ir más rápido, ni maniobrar para perderlo de vista. ¿Qué podía hacer? Los otros confiaban en él. Tenía que llegar al puesto de control fuese como fuese.

Detrás de él, su perseguidor estaba ganando terreno mientras apuntaba su láser hacia Eddie por última vez. Por delante de él se encontró el árbol más alto y recto que jamás hubiese visto. Eddie pensó «dos más dos son cuatro» y esperó que su idea funcionara.

Aumentó la velocidad hacia un choque seguro.

Su perseguidor disparó. Eddie forzó su bici para que subiera, encabritándola temerariamente hacia el cielo. Se libró de la bala por milímetros, la cual a su vez alcanzó el árbol y lo incendió.

El perseguidor no tuvo tiempo de reaccionar. Su bici no pudo evitar el tronco en llamas. Saltó de ella. Hubo una explosión. No era un buen día para el árbol.

Pero para Eddie sí lo era. Sólo quedaba él y tenía el puesto de control casi a la vista. Sintió que se merecía un poco de regocijo y mirar hacia atrás al memo derribado, que intentaba levantarse.

Mientras lo hacía, Eddie recordó la carrera en Spy High. En una aerobici a toda velocidad entre los árboles, había que mirar por dónde se iba. Estaba siendo un idiota. Los demás confiaban en él.

Eddie volvió la cabeza. Demasiado tarde.

5

Se apiñaron como si el contacto entre ellos los fuera a defender del gas. No fue así.

Lori miraba horrorizada cómo el gas penetraba ciegamente a través del suelo de la cámara genética, dibujando curvas y enroscándose, acercándose a ellos con sus nocivos dedos. Al sentirlo alrededor de sus tobillos lanzó un chillido. El gas picaba al adentrarse en los poros, al restregarse por las piernas como el gato de una bruja.

Jennifer gimoteaba suavemente.

—Lo puedo sentir. Lo siento dentro de mí.

—No lo inhaléis —les dijo Ben mientras el gas se elevaba como una marea mortal hasta su cintura—. Pase lo que pase, aguantad la respiración. Aún puede llegar ayuda. Los otros… o Grant… o alguien.

Inhaló profundas bocanadas de aire sin contaminar. Ben podía aguantar el aire por mucho tiempo.

Lori sentía su mente divagar. No era desagradable; estaba en un lugar verde y apacible, y sus sentidos estaban más despiertos que nunca. Intentó levantar los brazos, pero no tenía brazos; intentó hablar pero su lengua siseó en la hierba y dentro de su cuerpo las células comenzaron a cambiar.

El gas alcanzó sus hombros, sus barbillas. Pronto los cubriría enteramente y los ahogaría.

El calor del desierto quemaba la espalda de Jennifer, que se retorcía entre las rocas, y se arrastraba por el suelo en busca de comida.

El gas los cubría, asfixiándolos, sofocándolos.

Ben seguía aguantando la respiración. Lori y Jennifer eran ahora como fantasmas en la niebla. ¿Cuánto faltaba para que el proceso fuese irreversible? ¿Cuánto para que sus genes mutaran para siempre? No podía terminar así. ¿Dónde estaba la gloria si terminaba así? ¿Para qué habría servido todo?

Sintió cómo sus pulmones se contraían y su garganta se cerraba. Sintió cómo él mismo empezaba a dispersarse. Vio porciones de jungla y de ríos, y sintió que flotaba por encima de su superficie, incluso cuando cayó al suelo de la cámara con la cara apoyada contra el cristal. Lo podía romper. Si tan sólo pudiera concentrarse…

¿Ocurría algo ahí fuera? Sucedía algo parecido a una conmoción en medio de la neblina y el estupor. Ya no importaba. No podía seguir conteniendo la respiración. Su cuerpo lo traicionaba.

Ben separó los labios y probó el gas genético.

Cally separó los labios para chillar, pero no tuvo tiempo. El lobo mutante se le vino encima haciéndola caer de lado. El rifle láser se le escapó de las manos y fue a caer fuera de su alcance.

El hedor de la bestia le produjo arcadas. Como un perro rabioso se lanzó hacia el cuello de Cally echando espumarajos por la boca.

Cally golpeó al mutante en la garganta, un punto potencialmente débil y vulnerable, pero no con suficiente fuerza como para causar el efecto deseado. Sus garras le arañaron la piel como un rastrillo. Sus ojos y los de la bestia estaban tan cerca que parecían amantes, pero sólo vio en ellos odio, locura y furia. Siempre había anhelado que la última cosa que viera en su vida fuera algo bello. Por lo visto no sería así.

Entonces el mutante aulló. La soltó y se levantó sobre sus patas traseras, tirándose de la cabeza como hace un niño con el papel de un regalo. Su cabeza se tambaleó y se desequilibró. Los otros mutantes hicieron lo mismo. Cally no preguntó por qué. Volvió a agarrar su rifle láser y disparó a su agresor. Para el lobo mutante se habían acabado las preocupaciones.

—¡Funciona! —gritó Jake eufórico—. ¡Lo hemos conseguido! Hemos acabado con los implantes. ¡Vamos a ver si Frankenstein todavía les puede dar órdenes!

Los hombres del doctor parecían dudarlo. Por primera vez dejaron de disparar a Cally y Jake, y en cambio volvieron sus armas hacia los mutantes. Por si las moscas.

«Por si las moscas» había sido la opción adecuada.

En un aullido común, las criaturas se giraron hacia sus antiguos amos, enfrentándose a ellos. La venganza era un sentimiento que incluso las criaturas de Frankenstein podían entender.

Las criaturas hormigas que esperaban obedientes al lado de Frankenstein profirieron un alarido de dolor, agarrándose la cabeza como habían hecho los guerreros mutantes.

Frankenstein y sus técnicos las miraron alarmados.

—¿Qué significa esto, Frankenstein? —preguntó el agente de CAOS—. ¿No dijo que tenía la situación bajo control?

Uno de los técnicos, al darse cuenta de lo que ocurría, corrió hacia el pasillo pero no llegó hasta él. Una hormiga mutante lo agarró y lo retorció, haciéndolo retroceder. El sonido de su cuello al quebrarse fue como un pistoletazo de salida. Todo el mundo echó a correr.

—El control —observó Frankenstein— es un término relativo.

Sus dedos se agitaban anárquicamente mientras sus mutantes lo rodeaban.

La batalla entre los hombres de Frankenstein y los niños de Frankenstein estaba concluyendo de la única manera posible. Los disparos láser habían acabado con muchas de las criaturas, pero las que quedaban estaban sedientas de sangre y no les importaba vivir o morir. No se podía decir lo mismo de los lacayos del doctor. Al caer los primeros, tras haber sido abiertos en canal por dientes, garras y colmillos, los otros vacilaron y parecían a punto de retirarse. Unos nuevos disparos de Jake y Cally les hicieron acabar de decidirse.

Los lacayos de Frankenstein salieron corriendo, aunque con los mutantes detrás no llegarían muy lejos.

—¡Vamos! —urgió Jake—. ¡Cally! ¡Aún nos queda trabajo por hacer!

—No, Jake. Mira.

Cally estaba arrodillada junto a un cuerpo. Era el cuerpo que una vez había pertenecido a Will Challis, graduado de Spy High y líder del Equipo Bond.

Jake se arrodilló también y sus ojos enseguida se dieron cuenta de que no había esperanza. Una herida profunda había traído la paz a Will.

—Está muerto, Cal —Jake le rodeó la espalda con el brazo, en un intento por consolarla—. Jen y los otros puede que sigan con vida. Tenemos que irnos.

—Lo sé —dijo tocando suavemente el puente de piel humana entre sus ojos ciegos—. Gracias.

Se pusieron en marcha nuevamente. El día no se había terminado aún. Pero para Frankenstein quedaba poco. Estaba rodeado. A las criaturas hormigas se habían unido varias otras criaturas, con su pelaje y uñas manchados de sangre. Frankenstein no tenía ganas de que su sangre se añadiera a las manchas. Esperaba que lo escucharan y entraran en razón mientras se seguían acercando.

—¡Parad! —pidió desesperadamente—. Escuchadme. ¡Escuchadme! No queréis hacerme daño. No podéis. Yo os modelé. Sin mí no existiríais. Soy vuestro padre y vosotros sois mis niños, mis preciosos hijos. ¡No os podéis volver contra mí!

Cally y Jake llegaron a tiempo para ser testigos de los últimos momentos de Frankenstein. Sus últimas palabras, casi suplicantes:

—¡Merezco vuestro amor!

Entonces los mutantes le mostraron lo que pensaban que merecía; se le echaron encima, lo hicieron caer al suelo y lo desgarraron impregnando el aire con su furia.

—¡Cally! —alertó Jake—. Olvídate de Frankenstein. ¡La cámara!

Llena de gas. En su interior, unas formas quietas y en silencio, pero no era demasiado tarde. Por favor, que no fuese demasiado tarde.

Jake y Cally dispararon sus rifles láser a la par. Al unísono también, lanzaron un grito de alegría. Las paredes de la cámara genética se habían quebrado.

♦ ♦ ♦

Ben tosió el sucio gas de sus pulmones deseando no expulsar con él el contenido de su estómago. Estaba mareado. Era como la primera vez que había intentado fumar, hacía años, cuando era un niño. Esa experiencia le hizo aborrecer el tabaco; lo que acababa de vivir haría que, en el futuro, jamás se pusiese a la cola en la lista de espera de una cámara genética.

Por lo menos la pesadilla de la mutación inminente se había terminado. Con los dedos temblorosos tocó su piel para verificar que no tenía escamas y sintió su lengua, que no era bífida. Sabía quién era y que seguía siendo humano. El gas genético se estaba disipando ahora que la cámara que lo contenía estaba rota. La ayuda había llegado en el último momento, pero ¿de dónde?

Ben se irguió apoyándose en sus débiles codos. Vio a Cally y Jake, y vio otras cosas también, en las que no podía pensar ahora: mutantes desperdigados —uno al que Jake había disparado—, una forma que yacía en el suelo con una bata de laboratorio. Y Jennifer y Lori a su lado, recuperándose también.

Lori. Ben tenía muchas ganas de abrazar a Lori. Afortunadamente el sentimiento era mutuo.

Cally y Jake corrieron a asistir a sus compañeros de equipo. A Cally no le pasó por alto que Jake fue directamente hacia Jennifer, se arrodilló a su lado abrazándola y retirándole el pelo de la cara. No creyó que hubiera sido igual de atento con Ben ni con Lori; aquello iba más allá de una mera atención. Significaba algo más. Cally se acordó del bosque, de lo que había pensado, que su oportunidad con Jake llegaría. ¿Qué oportunidad? No tenía ninguna. Podía leer sus sentimientos en su cara, y eran todos para Jennifer. Lo mejor para esconder los suyos era dirigirse hacia Ben y Lori.

—¿Estáis bien?

—Lo estaremos —dijo Ben.

—Sentimos no haber llegado antes pero nos encontramos con un pequeño problema, de tipo mutante.

—¿Dónde está Eddie? —Lori lo buscó con la mirada, preocupada.

—Está bien. Salió con su aerobici en busca de ayuda.

Ben se puso de pie. Era hora de que nuevamente asumiese su rol de líder del equipo.

—¿Y Frankenstein? Quiero decir, el doctor Averill.

—Tranquilo —dijo Cally—. Sabemos quién era el doctor Averill.

—¿Era?

—Creo que esos trocitos de él diseminados por ahí sugieren que *era*, Ben.

Ben y Lori miraron. Los restos no eran muy agradables, pero se veía que eran los de Frankenstein. Lo que quedaba de sus dedos daba la pista.

—No le tengas compasión— le aconsejó Ben, como si a ella le fuera a dar pena—. Acuérdate de lo que nos ha intentado hacer.

—Lo que le ha hecho a Will Challis —añadió Jake, ayudando a Jennifer a levantarse.

—¿Will Challis? ¿Qué estás diciendo?

—Te lo contaré cuando salgamos de aquí —Jake miró a su alrededor—. Parece que todos los mutantes que sobrevivieron se han escapado. ¿Nos unimos a ellos?

—Tú primero, Jake —dijo Ben—. Parece que conoces el camino. —Sonrió—. Eso si puedes soltar a Jennifer por un segundo.

—¿Quién es ése?

Cally se había alejado de los demás un poco y estaba apuntando hacia la pantalla desde donde el agente del

CAOS, completamente olvidado, seguía contemplando la escena. Era difícil saber lo que los últimos acontecimientos le suscitaban. La máscara no mostraba ninguna expresión.

Ben se acercó a la pantalla.

—No está saliendo todo como se esperaba, ¿eh, señor Caos?

—Yo no diría eso —parecía dibujarse una sonrisa en el negativo—. Ha sido muy informativo, gracias a ti y tus amigos. Es siempre bueno para una organización como la nuestra estar al corriente de cualquier debilidad en nuestros aliados potenciales, al igual que lo es estarlo de las virtudes de nuestros enemigos.

—¿Qué quieres decir?

—Tú, jovencito. Tú y el resto del grupo. Sois más valiosos de lo que parecéis, eso está claro. Tal vez un día sepamos por qué.

El agente pareció suspirar.

—Pero por el momento nos habéis hecho un favor. El doctor Frankenstein obviamente no era un socio a nuestra altura, pero tenemos otros planes. CAOS va a dar que hablar al mundo, muy pronto. Muy, muy pronto.

La pantalla pestañeó y se apagó.

—Dios mío —exclamó Jake—. No me lo puedo creer.

—¿Qué?

Sus compañeros de equipo se hallaban ante un nuevo peligro potencial.

—Ni siquiera se ha despedido.

Lori se rió, dándole una palmada juguetona en el brazo a Jake.

—¿Quién necesita a Eddie si te tenemos a ti, Jake?

—¿Quién necesita a Eddie y punto? —Jennifer seguramente se la tenía jurada por lo del combate de judo.

—No seáis así —dijo Cally, que tal vez incubaba otro tipo

de resentimiento—. Eddie debería estar aquí. Es parte de todo esto.

—Cally tiene razón —dijo Ben—. Esto ha resultado ser nuestra primera misión real, una prueba de fuego para el Equipo Bond. Y lo hemos hecho, nos hemos puesto a prueba. Olvidaos de Stromfeld y de todas esas pantomimas generadas por ordenador. Hemos luchado contra un maníaco real en el mundo real y hemos ganado. Frankenstein está muerto. Somos héroes.

«Un día —pensó Jake—, la dolencia crónica de Ben de autofelicitarse se volverá terminal, y entonces habrá una vacante para el líder del Equipo Bond.»

Tal vez no fuese hoy, aunque si lo pensaba dos veces...

De pronto las pantallas de la sala se encendieron. Todas menos dos mostraban otras zonas de la fábrica de Frankenstein, como el laboratorio o el refugio.

—¿Qué? ¿Qué está pasando? —exclamó Cally, desconcertada.

Las últimas dos pantallas. En una: un misil siendo lanzado de su silo y detrás un mapa que mediante una luz roja indicaba el comienzo de su ruta. En la otra: una cara muy familiar, unos dedos retorcidos demasiado familiares también.

—Oh, queridos míos —se lamentaba Frankenstein—. Si están viendo esto, quienes quiera que seáis, significa que debo de estar muerto, y que vosotros sois seguramente los responsables. No importa. Tengo una sorpresa para vosotros —otra vez la risita aguda—. Pronto estaréis conmigo.

Todos suspiraron.

—¿Cómo?... —comenzó Lori.

Cally frunció el ceño.

—Debió de haberlo grabado para que se activara en caso de que su corazón dejase de latir o algo por el estilo.

—Pues sí, puesto que precisamente ahora no podría hacerlo ¿verdad? —se burló Ben innecesariamente—. No con su corazón a dos metros de su cabeza.

—Silencio, vosotros dos. Escuchad —Jake no había quitado la vista de la pantalla.

—Imagino que estáis viendo el misil —continuaba Frankenstein—. Mi última bendición para la raza humana. Una bomba genética, llena hasta los topes de mi gas de la cepa insecto, suficiente como para darle una nueva visión de la vida a toda una ciudad. Qué maravilla de trabajadores se crearán en cosa de unos minutos. Tal vez queráis sentaros y mirar. Hay una cámara fija en el cono de la bomba.

—¿Podemos pararla? —preguntó Jennifer.

—No se trata de si *podemos* —dijo Jake—. Debemos detenerla. Somos los únicos que podemos.

Cally sintió la presión de las miradas de los demás puesta en ella. Pensó en Stromfeld. Pensó en el fracaso. Pensó en los millones de personas que sin saberlo dependían de ella para salvar sus vidas.

—Oh, y no creáis que me he olvidado de vosotros —continuó diciendo el doctor—. Preferiría que mi laboratorio no cayera en manos de aquellos que no aprecien mi trabajo apropiadamente, vosotros incluidos, sin duda. Por lo tanto, ya deberíais estar sintiendo las primeras ondas expansivas de una serie de explosiones que, lamentablemente, significarán la destrucción de la investigación.

A la vez, el Equipo Bond oyó un estruendo en la distancia. Las paredes temblaron, como temiendo lo que les iba a ocurrir.

—Y no tan lamentablemente, pues es casi seguro que esto significa que no podréis salir de mi propiedad a salvo. De hecho, creo que de alguna forma vuestro destino está sellado.

—Tenemos que salir de aquí —urgió Jennifer.

—No podemos —Jake la detuvo—. No hasta que hayamos desactivado la bomba genética. Es nuestra prioridad.

—Estoy abierto a sugerencias —dijo Ben.

—Dejádmelo a mí —Cally dio un paso adelante—. Después de todo, soy yo la tecnomaga, ¿no? ¿O la bruja? —Miró a Ben fijamente—. La bomba es mi responsabilidad.

Ben asintió con gesto adusto.

—Demuéstralo.

Cally rezó por poder demostrarlo. Se sentó rápidamente ante la consola que estaba debajo de la imagen de la bomba, y se obligó a ignorar su gran parecido con los paneles de control del programa Stromfeld. Aunque parecía igual, no lo era, y pese a estar tan o más estresada que ante la realidad virtual, no podía permitirse el mismo resultado. No podía permitir que la bomba genética estallase.

No como la guarida de Frankenstein. A lo lejos, en el laboratorio, se oyeron varias explosiones, cada cual más fuerte y cercana que la anterior, como una cortina de fuego de artillería. Pantalla tras pantalla se visualizaban erupciones y llamas. La celda donde habían recluido a Will Challis y el salón del cuadro del centauro ardían en llamas.

—De prisa —murmuraba Jennifer, aunque las caras de los demás parecían decir lo mismo—. Cal, date prisa.

Los dedos de Cally volaban sobre las teclas haciendo todo lo posible. Tenía mucha información frente a ella: códigos y pistas en medio de la oscuridad de un sistema hecho para guardar secretos. Había que coaccionar al sistema, provocarlo, engañarlo y a la vez ser sensible y sintonizar con él. Tenía que devenir parte de él para comprenderlo. Tenía que ser como la unidad a la que había llamado Camaleón, pensar como el ordenador. Era la única manera.

La luz parpadeante de la bomba genética se arqueó hacia una población condenada a morir. Desde la cámara se veían las nubes despejándose.

—Y ahora —Frankenstein continuaba—, unas palabras para la posteridad, creo estar en mi derecho: doctor Averill Frankenstein: un genio incomprendido

—No se calla ni muerto —se quejó Ben.

Cally pidió silencio. Antes había dejado que le metieran prisa. Había sido demasiado humana. Ahora Cally sentía que era parte del ordenador. Poco a poco la había dejado entrar. Los sistemas de guía de la bomba le pertenecían.

—No la puedes detonar en el aire —se había dado cuenta Lori—. El gas genético se expandiría. Cally…

—Lo sé.

Se sentía tranquila, serena. Los sistemas estaban cediendo a su voluntad. Formaban un todo. Sólo unos segundos más…

Apareció tierra en la dirección de vuelo de la bomba. Una ciudad de la costa, el océano ancho y vasto más allá. El blip sonaba cada vez más fuerte, en aumento.

—Cally… —dijo Ben sin esperanza.

¿Qué le había dicho a Eddie? «*Los Stromfelds existen, ¿verdad? Perturbados con planes espantosos.*» Y aquí estaba la bomba de Frankenstein, tan cerca del éxito. «*Un día vidas reales dependerán de nosotros.*» Y así era. El día había llegado. «*¿Y qué pasa entonces?*»

La pantalla emitía un pitido. La bomba se abalanzaba. Cally se acordó de otra cosa: fue demasiado lenta, pero no esta vez. No cuando verdaderamente hacía falta.

—¡Mira! —dijo Jake, con orgullo en su voz—. ¡La bomba está cambiando de rumbo!

Así era. Cally dirigió el misil hacia arriba, haciéndolo sobrepasar su blanco, muy por encima de las cabezas de las potenciales víctimas de Frankenstein. Luego lo mandó al mar, donde se sumergió hasta lo más profundo. Ahí se hundiría y sería olvidado.

Hubo gritos y clamor de alegría alrededor de ella. Lori la estaba abrazando. Jake también.

—¡Sabía que podías hacerlo, Cal!

Incluso Ben parecía impresionado. Hasta ella misma se reía con fuerza y tremendamente aliviada.

¿Qué le había dicho Eddie después de *¿y qué va a pasar entonces? ¿Entonces? Entonces lo haremos bien.*

«Y así fue», pensó Cally. «Y así fue.»

—¿Y ahora qué me decís respecto a salir de aquí? —preguntó Ben.

—Todavía no —Jake apuntó su rifle láser hacia donde Frankenstein seguía alardeando de los beneficios de la manipulación genética.

—Me parece que ya hemos escuchado bastante, doctor Frankenstein —Un solo disparo y la pantalla estalló—. Ahora ya puedo irme.

Los escenarios virtuales en Spy High les habían enseñado la técnica de escapar de un edificio en llamas, pero la realidad virtual no daba ni una ligera idea del calor real generado por el infierno en el que se estaba convirtiendo la guarida de Frankenstein. Ben había tomado nota mental para aclararles este punto a los programadores, si conseguían sobrevivir sin freírse como una patata.

El Equipo Bond corría por los laboratorios en llamas, manteniéndose dentro de lo posible en el centro de cada espacio, con una mano sobre el compañero que iba delante para que las oleadas de humo negro no los separasen. Jake iba el primero y Cally la última, ya que habían sido ellos los que se habían abierto camino, luchando, desde la parte residencial hasta los laboratorios. Por una vez ni siquiera Ben protestó por haber sido relegado al papel de seguidor.

En el quirófano, sólo Cally dedicó una mirada al cuerpo caído de Will Challis. Pensó que podía haber sido ella, podía haber sido cualquiera de ellos. Podría ocurrir algún día. Las llamas subían por las paredes que parecían balancearse y venirse abajo, pero el picor en sus ojos se debía a algo más que el humo. Habían tenido suerte esta vez. El entrenamiento y el ingenio habían bastado para salvarlos... por los pelos. Pero ¿y la próxima vez? ¿Y la siguiente? ¿Cuándo se les acabaría la suerte?

Lori se dio la vuelta, alarmada, al darse cuenta de que Cally se había soltado de su hombro.

—¿Cal? ¿Estás bien?

Cally volvió a agarrarse firmemente del hombro de Lori y asintió. «Por ahora» pensó, y tal vez el ahora era todo lo que importaba.

El refugio se seguía quemando. El fuego escapaba por las ventanas rotas y por debajo de las puertas, como una bestia furiosa que intentaba liberarse. Todo el edificio ardía en una gran pira funeraria para los sueños locos del doctor Averill Frankenstein.

El Equipo Bond, sin aliento y agotado pero vivo, contempló la deflagración desde una distancia prudencial. Y se dieron cuenta de que estaban todos agarrados por los brazos, muy juntos, como si por fin fueran un auténtico equipo.

—Es una pena que no hayamos podido salvar nada —dijo Ben—. Ya sé que era un enfermo retorcido, pero aun así Frankenstein estaba llevando a cabo una labor pionera. ¿Quién sabe el tipo de aplicaciones que podría tener todo aquello en las manos apropiadas?

—El problema es —comentó Lori—, saber qué manos son las apropiadas. Tal vez sea mejor así.

—Bien, Benny —sonrió Jake—. Si quieres pegarte una carrerita y buscar una copia de los apuntes de Frankenstein, me parece que tienes medio minuto antes de que el techo se desmorone.

—¡Se está cayendo! —gritó Jennifer, y el techo de la guarida se desplomó en medio de una erupción de calor y chispas.

—Me parece que voy a pasar —dijo Ben.

—Menuda excursión ha resultado ser esto —dijo Cally.

—¡Escuchad! ¿Qué es eso? — Jennifer se giró de pronto. Había escuchado el ruido de motores magnéticos en algún lugar tras ellos.

—No es nada —Jake se relajó—. Creo que llegan los refuerzos.

Era Eddie. Iba montado en una aerobici y no estaba solo. Lo acompañaba al menos una docena de guardas del puesto de control, muy serios y armados hasta los dientes como si estuvieran esperando un grave peligro. Eddie aterrizó su bici y se bajó de ella. Sus compañeros de equipo se acercaron.

—¿Qué pasó, rey de la velocidad? —Jake le preguntó de buen humor—. ¿Por qué tardaste tanto? ¿Te distrajo una chica o algo así?

—Por lo visto —rió Ben, apuntando a un cardenal y un corte encima del ojo derecho de Eddie—, siguen reaccionando igual, ¿eh?

—¿Esto? —dijo Eddie sin darle importancia—. No es nada. Me peleé con un árbol, eso es todo.

—Y no te imaginas qué árbol —anticipó Lori.

—Gracias. Sí —contestó Eddie—. Gracias por preocuparos.

—Estamos muy contentos de verte, Eddie —Cally se colgó de su cuello sin pensarlo. Jennifer levantó una ceja en ligero desacuerdo—. Ahora estamos todos juntos. Como tenía que ser.

—Tú lo has dicho, Cal. Pero, una cosa… —Eddie miró las ruinas en llamas de la factoría de Frankenstein—. ¿Me he perdido algo?

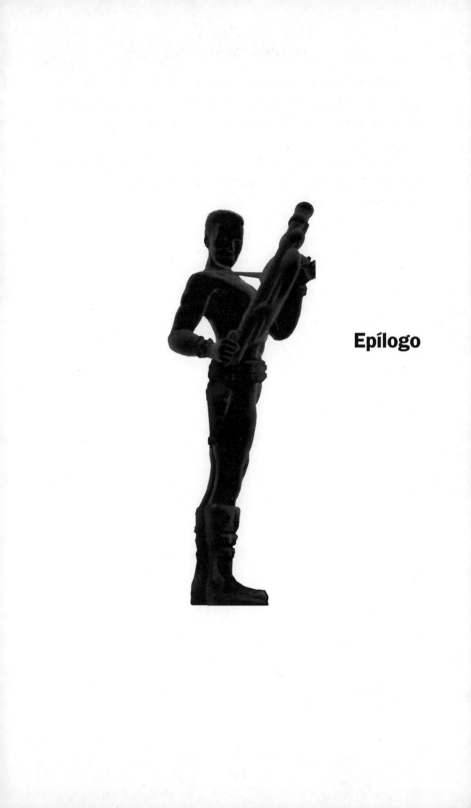

Epílogo

Niños —dijo Stromfeld con tono despectivo—. Me mandan *niños* para distraerme.

—Sí, eso es —respondió Eddie—, pero ¿alguna vez ha pensado en cambiar de guionista?

—Además —añadió Ben acertadamente—, imagine el problema con que se encontraría si le mandaran adultos.

—¿Problema? ¿Has dicho problema? —Esta última versión de Stromfeld parecía dura de oído—. Nevará en el infierno antes de que unos imprudentes cachorros como vosotros puedan alterar los planes de Stromfeld.

—Entonces váyase poniendo los calzoncillos termales —aconsejó Jake—. ¿Nos está diciendo que el rayo encogedor con el cual inteligentemente lo hemos contraatacado no está surtiendo ningún efecto?

—Imposible. Imposible —Stromfeld miró desesperadamente las caras de los seis miembros del Equipo Bond que lo rodeaban, atreviéndose a hacerlo en el mismo centro neurálgico de su entramado. ¿Cómo habían llegado a esto? Él era Stromfeld. No podía ser derrotado. Si escapaba ahora, todavía habría una oportunidad. Intentó abrirse paso entre Lori y Jennifer que fácilmente lo empujaron de vuelta a su sitio. Era más bajo que ellas y se hacía más pequeño por momentos.

—Me temo que no —dijo Jennifer con veneno—. Si vas a algún lado será hacia *abajo*.

—¿Sabéis qué? —consideró Lori—. Creo que me gustaba más cuando era gordo.

—A mí nunca me gustó —dijo Cally, y los otros pudieron ver que así era.

—Tranquila —dijo Eddie gentilmente—. No creo que vayas a tener que aguantarlo por mucho más tiempo, Cal.

Ahora Stromfeld apenas les llegaba a los hombros, y el proceso, en vez de detenerse o al menos ralentizarse, parecía estar acelerándose. Comenzó a vociferar a medida que se iba acercando al suelo.

—Era un buen plan, Stromfeld —concedió Ben—. Usar tu rayo reductor para encoger a la población mundial hasta convertirla en hormigas. Hubieses tenido el poder de un dios sobre tus insectos. Pero cometiste un error en tus cálculos, ¿no crees? No pensaste en Ben… no pensaste en el Equipo Bond.

—Qué bonito, Ben —dijo Eddie—. ¿Lo escribiste tú solo?

—¡No, no! —Stromfeld estaba ya al nivel de sus cinturas. Su voz comenzaba a asemejarse a un pitido—. ¡No puedo acabar así! Soy Stromfeld. No puedo…

—Claro que puedes —dijo Jake fríamente.

Había llegado a la altura de sus rodillas, encogiéndose, como una marioneta sin cuerdas.

—¡Ayuda! ¡Ayudadme! —decía emitiendo pequeños chillidos de miedo, pero el Equipo Bond no se movió—. ¡Os daré lo que me pidáis, lo que sea! ¡Pero ayudadme! ¡Por favor! —ya les llegaba por los tobillos, era cada vez más pequeño. Stromfeld se deslizaba por el suelo como una hormiga inquieta.

—Bueno, no podemos dejarlo escapar —dijo Jake—, ni siquiera con esa altura. ¿Quiere alguien hacer los honores?

Ben parecía desearlo, pero Cally fue más rápida.

—Yo quiero —anunció—. Stromfeld me debe una.

Pisó en el suelo con fuerza y restregó la suela contra él. Le gustó hacerlo.

—Ten cuidado, no vayas a pisar la alfombra ahora —dijo Eddie.

—Bueno, bueno, bueno —de pronto apareció el cabo Keene—. Por fin lo habéis logrado.

No parecía particularmente contento, pero tampoco parecía contrariado.

—Stromfeld aplastado por un zapato —dijo Ben—. Imagino que es un aprobado.

—Es un aprobado —dijo Keene—. Después de todo parece que nos veremos el próximo trimestre.

Era la última noche del trimestre y la Navidad se sentía en el aire. El Deveraux College —al menos la parte por encima del nivel del suelo— estaba decorado con un gran árbol y luces. Eddie se había apropiado virtualmente de toda la reserva de muérdago y afirmaba que había estado haciendo gárgaras con elixir durante una semana. Alguien le podría haber aconsejado que también cambiara de desodorante, porque las chicas a las que se acercaba con su ramito de muérdago se esfumaban por la salida más cercana, como si estuviera empuñando un hacha.

La última era una noche de fiesta y la sala de recreo estaba a reventar de comida y bebidas para la celebración. Tocaban los discos navideños favoritos, algunos de ellos clásicos de la década de 2050 e incluso anteriores.

—Algo ocurre con estas viejas grabaciones de Grant —se

le había escuchado decir a alguien—. *¿Navidades Blancas* de un tío llamado Bing Crosby? ¿Bing? Eso no es un nombre, es un efecto sonoro. Además, no puede estar bien grabado. Nadie puede cantar en un tono tan grave de forma natural.

A Ben no le importaba si había música o no. Sólo un ataque nuclear a gran escala contra el Deveraux College podría estropearle la noche. Líder del Equipo Bond, con Lori del brazo, aprobado en el programa Stromfeld y con la nota media más alta para un estudiante de primer trimestre desde los comienzos de Spy High. Santa Claus había sido muy bueno con Benjamín T. Stanton Jr. y no creía pecar de irrealista al vaticinar cosas incluso mejores. En la vida, Ben lo sabía, hay dos tipos de personas: ganadores y perdedores. Él era un ganador.

—Pareces feliz esta noche —dijo Lori.

—¿Y por qué no iba a serlo? —Ben se rió—. Me invade el espíritu navideño. Paz y buenaventura para todos. —En ese momento vio a Simon Macey—. Con una excepción.

—No, Ben —Lori tiró de su manga—. No te metas en líos. Esta noche no.

Ben la besó.

—¿Quién ha hablado de líos, preciosa? Sólo quiero desearle a Simon unas felices fiestas.

Y volvió a besarla antes de que Lori pudiera objetar nada. Ojalá conociera una técnica similar a prueba de tontos para mantener a raya a Jake Daly.

Simon Macey vio venir a Jake. Ni siquiera intentó parecer amistoso. Pero Ben sí.

—Simon, Simon —dijo abriendo los brazos de par en par, como un anfitrión en su fiesta—, qué placer verte. Feliz Navidad. Que pases unas excelentes Navidades.

—Piérdete, Stanton.

—Vamos, no seas así. Sólo me he acercado para darte las gracias por la tarjeta.

—¿Qué tarjeta?

—La tarjeta de Navidad. La que me mandaste con tus mejores deseos. Ya sabes, en la que me felicitabas por aprobar Stromfeld y ser el primero del año en todo menos en ser un perdedor, y te disculpabas humildemente por pensar que podrías un día estar, de algún modo, a la altura de Ben Stanton. ¿Recuerdas, Simon? *Esa tarjeta.*

—Estás loco. Un día de estos…

—¿Sí? ¿Un día de estos qué, Simon? Porque el próximo trimestre la competencia entre los equipos llegará a su punto culminante, ¿no es así? Y va a ser el Equipo Bond contra el equipo Solo, y creo que ambos sabemos cuáles serán los resultados, ¿verdad? Me muero de ganas. Que tengas unas fantásticas Navidades, Simon.

—Lárgate. Déjame en paz.

—Claro que me voy. Huele raro por aquí. Debe de ser el olor a mediocridad. Pero antes de irme…

—¿Qué? —a punto de ponerse violento.

—Feliz Año Nuevo.

—¿Lo has disfrutado, verdad? —lo regañó Lori, después de lograr dirigirlo a la otra punta de la sala. Se había comportado de modo tan infantil… A veces se preguntaba qué veía en Ben, aunque intentaba que no fuera muy a menudo.

—Pues, sí —Ben era inmune a las críticas—. Y ahora lo quiero celebrar con nuestros compañeros de equipo. ¿Dónde está todo el mundo?

—Cally está aquí.

Y ahí estaba, sentada sola y con cara de que las vacaciones se estaban terminando en vez de estar a punto de comenzar.

—Y Eddie está ahí.

Agitando su ramito de muérdago como si fuese una varita mágica que sólo conocía un hechizo, en el cual era experto: cómo hacer que las chicas desapareciesen.

—No me basta —Ben no estaba de acuerdo—. Deberíamos estar todos aquí. Todos los otros equipos están al completo. ¿Dónde está Jennifer?

—Todavía sigue en la habitación —le informó Lori—. No se encontraba muy bien.

—¿Y qué hay de Daly? Me siento tan contento esta noche que incluso podría aguantar a Daly.

—¿Jake? No lo sé —Lori parecía un poco desconcertada. No lo he visto.

No hubo respuesta, pero sabía que ella estaba allí.

Claro que podía irse y hacer una retirada furtiva y un tanto culpable, agradecido de que nadie lo hubiese visto parado al lado de la puerta haciendo el tonto. O podía volver a llamar. Sabía que estaba ahí dentro. También sabía el esfuerzo que le había supuesto llegar hasta allí y dar el paso que Jennifer apenas había animado. Si se daba por vencido ahora, sería un cobarde.

Volvió a llamar, esta vez más fuerte, en un tono que parecía decir «no me voy hasta que por lo menos sepas que estoy aquí».

—Jennifer, ¿estás ahí? —sabía que sí.

—¿Quién es? —su voz sonó desconfiada y resentida.

—Soy yo, Jake —si ella contestaba «¿qué Jake?» admitiría su derrota. Pero no dijo nada. Otro impulso—. ¿Puedo entrar?

—No lo sé. ¿Puedes?

Jake entendió que era un sí entre dientes y cogió el

pomo de la puerta. Ésta se abrió muy fácilmente. Sólo era una barrera si ellos hacían que fuese así.

Jennifer estaba sentada sobre la cama, con las piernas cruzadas. El espíritu festivo parecía haberle provocado distanciamiento: en el diccionario hubiese aparecido bajo la definición de *desdichada*. Enfrente de ella tenía la fotografía de su familia; la tomaba en sus manos con cuidado y ternura, como si fuese un huevo que se pudiera romper.

—¿Qué quieres, Jake? —su tono no era hospitalario.

—Bueno, la fiesta está en lo mejor... o casi... y pensé... me pregunté dónde estabas y si, bueno...

—No me gustan las fiestas —contestó Jennifer secamente—. Demasiada gente haciendo ver que se lo pasan bien. No soy muy buena actriz.

—Sí, pero es la última noche del trimestre... —Jake se aventuró a avanzar un poco más en la habitación. Vio el peso sobre los hombros de Jennifer, y quiso tocarla—. No deberías estar sola la última noche del trimestre.

—Todos estamos solos. ¿Qué ganas con intentar ocultarlo mezclándote con una multitud de gente?

—Pues si no ganas ni pierdes nada, ¿por qué no vienes a la fiesta?

Casi consiguió arrancarle una sonrisa muy tímida y amarga.

—¿No te das por vencido, verdad?

—La verdad es que no. Vamos. Me han contado que más tarde Keene va a aparecer vestido de Santa Claus, y merece la pena verlo. —Jake imitó la voz del cabo—. ¡Bien, muchachito, dame tu nombre, rango y número y dime qué regalo quieres que te lleve Santa Claus a las seis de la mañana del día de Navidad. Y llámame señor Santa!

Otra semisonrisa mientras Jennifer volvía a poner la foto en la cabecera de su cama.

—¿Y tu familia? —preguntó Jake—. ¿Te vas a casa por Navidad, Jen?

Por primera vez lo miró directamente y su mirada era fría.

—Vendré contigo a la fiesta, Jake —dijo—, pero sólo si te olvidas de tu cuestionario de veinte preguntas.

—Lo que tú digas.

Aunque cualquier cosa que Jennifer dijese, no iba borrar la sonrisa que cruzaba la cara de Jake de lado a lado, si bien ella no dejó de intentarlo.

—Y no quiero que pienses nada de esto. No significa nada. No te hagas ideas. Ya te lo advertí en el bosque…

—De acuerdo, Jen. No te preocupes —Jake elevó los brazos como rindiéndose—. Soy un campesino, ¿recuerdas? No nos hacemos ilusiones.

Pero mentía, y eso le hacía sentir mejor que la verdad.

En una de las alas del Deveraux College no había señal navideña ninguna ni el menor indicio del paso del tiempo, en absoluto. Eran las habitaciones de Deveraux. El tutor Elmore Grant se encontraba allí. Deveraux lo llamaba en los momentos menos oportunos, para solicitarle información.

—Me temo que no hay nada nuevo sobre CAOS en este momento, señor —le estaba diciendo Grant—. No hay nueva información, a pesar de que el CRI está trabajando sin parar.

—Hmm. Mis propios investigadores tampoco han logrado descubrir nada nuevo. Pero hay que permanecer en alerta, Grant. Siento que CAOS pronto dará señales de vida —Grant, de acuerdo con lo que le estaba diciendo, asintió con la cabeza—. En fin, saber de su existencia se ha convertido en un beneficio adicional de la excursión del Equipo

Bond al Wildscape, ¿verdad? Y una compensación por la pérdida del agente Challis.

—Por supuesto, señor.

—Suenas escéptico, Grant. ¿Sigues dudando sobre si hicimos lo apropiado? Exponerlos al peligro real ha servido claramente para convertirlos en el Equipo Bond, ¿crees que no hicimos lo correcto?

—Claro que no, señor —Grant se aventuró a decir—, pero creo que a veces, es posible que a usted se le olvide lo jóvenes que son estos nuevos estudiantes, lo mucho que...

—Cuidado, Grant —la voz de Deveraux tenía una nota de advertencia—. No se me olvida nada, ni siquiera la edad que tienes *tú*.

—Sí, señor.

—¿Pero qué es lo que estamos discutiendo? El Equipo Bond ha pasado Stromfeld. Tu selección te ha dado crédito, Grant. Todo está bien. Ve y disfruta de la fiesta. Es Navidad, ¿no?

—Sí, señor.

—Pues, feliz Navidad, Grant.

—Sí, señor. Gracias, señor —pero seguía pensando que Deveraux se equivocaba.

Para Cally el momento en que Jake entró en la habitación con Jennifer fue la gota que colmó el vaso. No la tenía cogida por la espalda pero era como si ella tuviese un imán que lo mantenía a su lado, y él parecía querer exactamente eso. Ben y Lori les hicieron un gesto para que fuesen hacia donde estaban sentados con Cally.

—Creo que hay que brindar —anunció Ben—. ¿Dónde está Eddie?

Cally se fue a buscarlo.

Seguía allí con su ramito de muérdago y los labios en forma de beso. Aún no había caído ninguna, ni siquiera por piedad. ¿Iba a hacerlo por piedad? ¿O para mostrar a Jake que no lo necesitaba? ¿O le gustaba Eddie después de todo? Tal vez lo sabría después.

—¿Eddie?

—Oh, hola Cal. Supongo que no... —levantó su muérdago con timidez.

—Supón —le dijo—, supón y mucho...

Y lo besó. Intencionadamente. Y el beso fue largo.

—¿Acabas de...? —Eddie parecía mareado—. Estoy un poquito abrumado, pero realmente ¿me acabas de...?

—Realmente —se rió Cally—, ¿y quién quiere repetir?

—Perdóname un momento —Eddie se dio la vuelta y le gritó a Simon Macey—. ¡Eh, Macey, date una oportunidad! —y tiró el ramito que rebotó en la cabeza de Simon—. Creo que ya no me hace falta, ¿verdad, Cal?

—Eso dilo tú —¿Qué más daba que fuera perfecto? Eso no impedía que fuera bueno.

—¡Eh, atención todo el mundo! ¡Atención! —Alguien entró en la sala vociferando—. ¡Afuera está nevando!

—Nieve —se burló Ben—. Qué emocionante. Por favor un momento de silencio...

—Me temo que no —dijo Jake—, porque para un campesino de los domos como yo, la nieve *es* emocionante. No la he visto nunca.

Montones de estudiantes corrían hacia fuera.

—¿Quién quiere acompañarme a celebrar mi primera vez? —decía Jake.

Jennifer, Cally y Eddie lo siguieron entusiasmados. Estaba claro que Lori también quería ir.

—¿Y qué hay del brindis? —objetó Ben.

Lori lo sacó a rastras.

—Oh, Ben. Olvídalo.

Sí que estaba nevando, y mucho, copos gruesos y suaves del tamaño de bolas de nieve. El frío era intenso pero se unieron unos con otros en busca de calor. Incluso Jennifer consintió que Jake la abrazara (pero sólo por el calor).

—¡Esto es fantástico. Fantástico! —exclamó Eddie. Correteaba por la nieve crujiente con Cally en los brazos—. ¿Bailamos?

Las estrellas brillaban como el hielo, tan distantes, tan remotas; la noche sobre las cabezas de los estudiantes era de color negro puro. Lori miró hacia arriba y dejó que los copos le cayeran en la cara y pensó lo pequeña que era comparada con la inmensidad de las cosas, en lo pequeños que eran todos. Y deseó ser alguien, hacer algo, y el aire helado llenó sus pulmones de fuerza.

—¡Eh, mirad! —gritó Ben—. ¡Ahí está Grant!

Podían ver la silueta del tutor mirándolos desde la ventana.

—¡Lo voy a saludar! —se reía Cally.

—Yo lo voy a recordar en mi testamento —prometió Eddie—, porque si no fuese por Grant, no estaríamos aquí ahora.

—Tienes razón, Ed —dijo Jake—. Por una vez tienes razón.

—Pues como estamos todos, aquí y ahora —dijo Ben—, y antes de que nos muramos de pulmonía, me gustaría proponer un brindis.

—Pero hemos dejado nuestras bebidas en la sala —alegó Lori.

—Olvidad las bebidas. Las bebidas no importan. Pero lo que estoy a punto de decir sí importa —Ben hacía crecer el suspense—. Sólo cuatro palabras —Sonrió y por fin lo dijo—: ¡Por el Equipo Bond!

—¡Por el Equipo Bond! —Los otros repitieron las palabras, alzándolas hacia la noche, y se abrazaron todos, aplaudiendo y riéndose.

—¡Equipo Bond! —gritó Ben—. ¡Nadie podrá derrotarnos!

Pero lo que pensaba de todo ello la silenciosa silueta del tutor, nadie lo podía saber.

Y MUY PRONTO...

Spy High Episodio 2
Conexión Caos

¡Se acabaron las vacaciones!

Rutina. Daniel Daniels odiaba la rutina.

La rutina lo estaba volviendo clarividente. Daniel Daniels calculaba que podría predecir, con exactitud, qué estaría haciendo cualquier día de trabajo de la semana siguiente, a cualquier hora, y también el próximo mes, el próximo año, y durante el resto de su vida.

La rutina lo estaba convirtiendo en un robot, con tanta precisión como si le hubiesen instalado las extremidades cibernéticas de última moda. Lo estaba convirtiendo en una tuerca más de la maquinaria.

Ojalá le ocurriera algo novedoso, algo inesperado. Pero era más probable que le cayera un meteorito en la cabeza.

Por ejemplo, esa misma mañana. A las seis: despertador y servicio automático de retirada de sábanas. Siete: salir de casa con el traje que bien podría ser el uniforme de un presidiario, aunque muchísimo más caro. Siete y media: subir al aerobús camino de la ciudad y viajar de pie por problemas de congestión y la reducción del número de servicios. Ocho y media: llegada al Wainwright Building donde había trabajado los últimos veinte años, y donde con toda probabilidad trabajaría durante los veinte próximos, sin posibilidades de obtener la libertad condicional.

Después de que le escanearan la retina como medida de seguridad —aunque había más posibilidades de que alguien quisiera escapar del Wainwright Building que a la inversa—. Ser reconocido por el programa de portería que lo saludaría con una cibersonrisa: «Buenos días señor Daniels. ¿Cómo se encuentra hoy?» Tenía planeado decirle al portero, algún día, cómo se sentía exactamente.

Subir al ascensor. Ver a Baines chillando desde el vestíbulo de mármol: «¡Sujetad las puertas!» y esperar a que se escurriera al interior. «Casi no lo consigo hoy.» Sentir la necesidad desesperada de darle un puñetazo en la nariz. Y sentir unas ganas muy reales de gritar cuando preguntaba «¿A qué piso, señores?», como si no hubiera estado apretando los mismos botones al mismo tiempo desde la noche de los tiempos.

Recorrer con sus colegas el pasillo del piso décimo séptimo, intercambiando saludos corteses y deseando que todos estuviesen muertos. Y entrar con los colegas en despachos separados, con puertas de vidrio silenciosas y educadas, que los encerraban con una eficacia preestablecida.

Empezar el día y rezar para que se acabara cuanto antes.

—Buenos días, Marilyn.

Por lo menos Daniel Daniels no tenía que disfrazar la melancolía de su voz al hablarle a su ordenador. Respondía a las vibraciones de sus cuerdas vocales, no a su estado de ánimo.

—Hola Daniel —respondía la pantalla activándose obedientemente—. ¿Qué quieres hacer hoy? Siempre estoy abierta a sugerencias.

Sonaba una risa cuando el icono cinematográfico favorito de Daniel del siglo anterior le hacía un guiño tímido desde la pantalla. El programa Marilyn Monroe era una de las pocas cosas que hacía que su día fuese soportable.

—Será mejor que primero me leas los e-mails, Marilyn —le dijo sin esperar que hubiese nada espectacular entre ellos.

Casi estuvo en lo cierto.

—Y un mensaje final —concluyó Marilyn varios minutos después—, pero no va dirigido a ti personalmente, Daniel. No está dirigido a nadie por su nombre. ¿Quieres que te lo lea?

—¿Qué dice? Léelo —sentía algo de curiosidad. Se distrajo un segundo. ¿Qué era lo que acababa de oír? Desde una oficina cercana se había oído una especie de grito...

—Simplemente está dirigido al Mundo del Orden —dijo Marilyn.

—Léemelo igual.

Podía haber sido un grito, y Daniel Daniels vio que los otros se ponían de pie en sus oficinas, y que todos miraban en la misma dirección y con igual perplejidad. Hacia el despacho de Baines. ¿Y era Baines el que estaba encerrado golpeando el cristal irrompible para que lo dejaran salir? ¿Por qué estaría comportándose así?

Marilyn se reía a sus espaldas:

—Éste sí que es raro —decía—. Realmente no lo entiendo.

Y ahora también Harper, en el despacho casi contiguo. La expresión de su cara... era casi de terror.

Y Marilyn seguía riendo, aunque su voz parecía más baja, más oscura, con los tonos ásperos de un lunático. Daniel Daniels se volvió a tiempo para ver su cara ampollarse y ennegrecerse, como si la estuvieran quemando. Ya no se podía oír su voz. Algo había entrado en su ordenador.

—Se te acabó el tiempo, hombrecillo —se mofaba aquello—. El mundo que conoces, el mundo del orden, está llegando a su final. Prepárate para recibir una nueva era. La Era del Caos.

—Un virus —se dijo Daniel Daniels tomando aire cuando en la pantalla apareció una forma oscura y terrible—. Es un virus.

Y entonces su aparato explotó.